Las posesiones

A

Llucia Ramis
Las posesiones

LIBROS DEL ASTEROIDE

Primera edición, 2018
Tercera edición, 2018

Queda rigurosamente prohibida, sin la autorización
escrita de los titulares del *copyright*, bajo
las sanciones establecidas en las leyes, la reproducción
total o parcial de esta obra por cualquier medio
o procedimiento, incluidos la reprografía
y el tratamiento informático, y la distribución
de ejemplares mediante alquiler o préstamo públicos.

Copyright © Llucia Ramis Laloux por mediación de MB Agencia Literaria, S.L.

© de esta edición, Libros del Asteroide S.L.U.

Ilustración de cubierta: © Cinta Vidal
Fotografía de la autora: © Santi Cogolludo

Publicado por Libros del Asteroide S.L.U.
Avió Plus Ultra, 23
08017 Barcelona
España
www.librosdelasteroide.com

ISBN: 978-84-17007-53-9
Depósito legal: B. 4.900-2018
Impreso por Reinbook, serveis gràfics, S.L.
Impreso en España - Printed in Spain
Diseño de colección: Enric Jardí
Diseño de cubierta: Duró

Este libro ha sido impreso con un papel ahuesado,
neutro y satinado de ochenta gramos, procedente de bosques
correctamente gestionados y con celulosa 100 % libre de cloro,
y ha sido compaginado con la tipografía Sabon en cuerpo 11.

Los que buscan la verdad merecen
el castigo de encontrarla.

Santiago Rusiñol

Cualquier parecido con la
realidad es pura ficción.

Podría haber sido una noticia más. Una de aquellas historias sensacionalistas por las que familias enteras exclaman frente al televisor: «¡Qué horror! ¡Cómo es capaz alguien de cometer semejante salvajada!». Cuántas horas pasamos mirando la tele y qué pocas veces nos cambia la vida. Mi madre, sentada en el sofá; yo en el suelo, a sus pies, con la espalda apoyada en un cojín. Mi padre estaría en el despacho, al final del pasillo, porque no lo recuerdo con nosotras. Una noche cualquiera antes de cenar. Un martes de mayo. Los días se alargan. Los exámenes a la vuelta de la esquina y la lámpara de pie encendida. El murmullo de los coches al otro lado de la ventana abierta. Recortada en el cielo añil, entre los edificios, la luna casi llena.

Ha acabado la guerra en Irak. El gobierno británico pide explicaciones por la muerte de un camarógrafo en la franja de Gaza, tiroteado por los israelíes. El Papa ha visitado Madrid. La monotonía de la realidad ajena flota con un rastro de polen y ha llegado el calor de repente. Entonces, nos asalta un nombre. Es un nombre conocido y cercano, mencionado por la presentadora en un tono demasiado neutro para lo que está diciendo: «Esta mañana, el empresario Benito Vasconcelos ha matado a su mujer y a su hijo de dieciséis años en su chalet de la Moraleja y luego se ha quitado la vida».

Miro instintivamente el pisapapeles que utilizamos para trabar la puerta del salón y evitar que se cierre con las corrientes de aire. Mi madre ha dicho un taco. Nunca lo hace. Es un pisapapeles pesado, de hierro fundido, negro, con el logotipo de la empresa en dorado. Representa a un hombre recostado, leyendo. Mi madre está gritando el nombre de mi padre para que venga. Alguna vez le he oído comentar que ese pisapapeles dejará marcas en el barniz del parqué. O a lo mejor ya ha descolgado el teléfono y está llamando a mis abuelos. Él me lo regaló la única tarde que fui a su oficina. «*Vous voyez les nouvelles?*», está diciendo mi madre con voz aguda y urgente. También me regaló otras cosas con el mismo logotipo, dos iniciales en relieve. Un bloc de notas, papel de cartas. Había algo en él que no me gustaba. Hablaba demasiado fuerte, o se reía demasiado, o me pellizcaba la mejilla. No lo recuerdo bien. Alguien ha subido el volumen de la tele. A lo mejor he sido yo. Sí recuerdo el ascensor. Era uno de esos ascensores antiguos de madera; se movía despacio y crujía, y tenía unas puertas de cristal asomadas a una gran escalera señorial de mármol, una banqueta para sentarse y un espejo ahumado por los bordes.

Solo lo vi tres o cuatro veces. Y si no fuera porque está ahora mismo en la pantalla, su imagen se habría ido desvaneciendo hasta desaparecer, como desaparecen los rostros de esas personas en las que no tenemos por qué pensar nunca más. Un llavero con las dos iniciales doradas, un mechero. Regalos absurdos que me hizo aquella tarde para agradarme. Mi abuelo solía decir que era un hombre desprendido, que daba propinas generosas y hacía regalos caros a sus trabajadores y amigos. Los que me hizo a mí no eran caros. El pisapapeles aún resultó útil, y ahí está, aguantando la puerta para que no se cierre, rayando el parqué, según mamá.

Al teléfono, mi abuela contesta que sí, que acaban de verlo. Dice que mi abuelo está consternado. No hace ni medio año que se jubiló.

—¿Tú crees que ha esperado a que tus padres vinieran a Mallorca para hacerlo? —le preguntará luego mi padre a mi madre.

—Vete a saber lo que se le pasa por la cabeza a alguien así —responderá ella.

Aquella tarde, cuando vi a ese hombre (quiero decir hace solo un par de años, yo aún llevaba aparatos en los dientes), era tímida. Todo me asustaba. Los desconocidos me asustaban. Madrid también. El metro de Madrid. Y ahora, sentada frente a la tele, entiendo que será imposible que su nombre se confunda con el de aquellos con quienes nos cruzamos en alguna ocasión. Benito Vasconcelos volverá una vez tras otra, reivindicará involuntariamente su memoria después de muerto, convertido en fantasma.

Cuando nos despedimos —¿y qué me molestaba tanto?, ¿me apretaba el brazo?, ¿se le acumulaba la saliva en la comisura de los labios?—, yo muy cerca de mi abuelo y de mi madre, delante de aquel ascensor renqueante en el que bajaría a una céntrica calle de Madrid para no volver a verle (hasta ahora, que su foto y su chalet con la puerta precintada y la fachada de aquel despacho salen por televisión), el socio de mi abuelo dijo:

—A ver si pronto organizamos algo con mi hijo. Hace tiempo que no vamos a Mallorca. Quién sabe. ¡Haríais buena pareja!

Su carcajada resonó ofensiva en la escalera.

Primera parte

1. La isla

Un aire húmedo cargado de salitre flota en el *finger*. Me cuelgo la bolsa al hombro. Es un viaje de emergencia y solo llevo lo indispensable, pero lo indispensable pesa de todos modos. En la terminal, grandes fotos de las calas bañadas por un mar azul de Photoshop dan la bienvenida a la isla con frases escritas en castellano, catalán, alemán, inglés y francés.

Los turistas arrastran torpes sus maletas, buscando los paneles indicadores, entre tiendas de ensaimadas, souvenirs, cafeterías y un Burger King que exhala perfumes aceitosos. Los demás nos dirigimos a la salida sin entretenernos, siguiendo un itinerario aprendido de memoria. Llevo trece años en Barcelona y viajo a Mallorca cuatro veces al año como mínimo. No me gusta volar y los aeropuertos son irritantes, colas, esperas, la luz mortuoria de los fluorescentes cayendo sobre toda esta gente que no está en ninguna parte. Unos de camino a las vacaciones, otros trabajando. Y yo a punto de descubrir qué pasa con mi padre.

Enciendo el móvil y veo dos llamadas perdidas de Iván y un mensaje: «Ánimos y besos! Hablamos esta noche».

No he tenido tiempo de despedirme. Pienso que últimamente solo nos comunicamos a través de llamadas perdidas y mensajes. Nadie diría que trabajamos en la misma redacción y vivimos juntos. Demasiados frentes abiertos. Estamos agotados. Meterme en un avión era lo último que me convenía en este momento, pero la voz de mi tía sonaba preocupada. En realidad, lo preocupante fue el hecho en sí: que mi tía me llamara. No recuerdo que lo hubiera hecho antes. Aun así, me costó darle crédito. Si mi padre estaba tan mal como aseguraba —«hará daño a alguien o se hará daño a sí mismo», repetía con cierto toque melodramático, como en una telenovela—, si realmente mi padre necesitaba ayuda, mi madre, psicóloga como él, se habría dado cuenta y me habría avisado. Por otra parte, mamá es discreta y tal vez no quisiera alarmarme. Cree que puede con todo, nunca pediría nada. En casa de herrero, etcétera.

«A ti te hará caso, siempre te hace caso», insistía mi tía, «tu padre tiene que ir a un especialista». Y la palabra *especialista* sonaba grave. Dudé ayer por la tarde, perdida en la galería, la ropa a medio tender, el teléfono en la oreja. De repente el paisaje de patios interiores con flores y viejas, donde por las mañanas trinaba algún canario enjaulado, dejaba de ser familiar. Acababa de recaer en mí la responsabilidad de ocuparme de mi padre, quedarme en casa el fin de semana solo aumentaría mi inquietud y remordimientos. Además, la frase «a ti te hará caso» hizo que me sintiera importante.

Es cierto que lleva unos meses raro. O haciendo cosas raras, más bien. Pero es apasionado y le gusta llevar la provocación al límite. Yo lo atribuía a un cabreo monumental, provocado por la combinación de la incierta situación política, una disputa entre vecinos que se está complicando y su jubilación. Sé por varios amigos (y por Iván) que muchos padres pierden la cabeza cuando se jubilan. De hecho, a menudo comentamos, con una copa de vino en la cena, que tiene que ser jodido sentirse prescindible. Sentir no solo que no produces, sino que cuando ya eres un museo de tu vida te estás gastando en tu propio mantenimiento improductivo esa pasta que le iría tan bien a tus hijos.

Dentro de unos años, dirán que el mundo así como lo hemos conocido se acaba ahora. Ahora estamos en 2007 y nos falta perspectiva para verlo. Las amenazas de crisis suenan a las típicas peroratas apocalípticas de gurús económicos que sin duda están en lo cierto, pero tienen la misma eficacia que los ecologistas cuando alertan sobre los efectos del agujero de la capa de ozono, el cambio climático o el plástico en los océanos. «De momento, todo va bien», se dice un tipo mientras cae al vacío. Es un chiste de la película *La Haine* y describe esta alegría superficial con la que evitamos pensar en el futuro contra el que impactaremos de cabeza. Yo tengo un contrato temporal pero correcto, no me pregunto de dónde saca tanta pasta Iván. A nuestros treinta años recién cumplidos, estamos en un buen momento profesional, parece que por fin nos valoran.

Nuestros padres están en otro nivel, casi en otro universo. A veces, en broma, decimos que se han convertido en nuestros hijos. Sobre todo el de Iván, desde que su madre, con la que ha compartido media vida, le ha pedido el divorcio.

—Es de locos. Mi padre es incapaz de vivir solo. No sabe ni freírse un huevo —decía Iván al volante, mientras volvíamos del periódico, tarde, como siempre, después de comernos un bratwurst en el frankfurt que hay a dos calles de la redacción.

—Y seguramente tu madre es incapaz de vivir con él las veinticuatro horas. Cuando él trabajaba, mira, aún lo aguantaba, pero ahora... Imagínate tener a un tío incapaz de freírse un huevo tirado todo el día en el sofá.

Mi padre es más bien hiperactivo. Quería jubilarse para hacer todo eso que le apetecía y no podía hacer, y que consistía básicamente en salvar la fauna y flora de Mallorca y dedicarse a su blog. Un blog muy político en el que critica al Partido Popular y el capitalismo norteamericano. Hasta hace poco recibía miles de visitas, la gente le dejaba comentarios, le felicitaban reconocidos periodistas de la isla. Tenía una voz. Era alguien.

La entrada que tal vez lo desencadenó todo fue una titulada *El muro*. Aunque es absurdo pensar que un simple texto haya provocado que ahora yo esté aquí, pasando sin detenerme por delante de las cintas transportadoras donde se amontonan equipajes por recoger.

La raíz tiene que estar en otra parte mucho más profunda, en algún lugar al que solo podría llegar escarbando, ensuciándome de tierra.

Mi padre, papaíto cuando le hablo con retintín y sin respeto en las discusiones, *mumpare* si me refiero a él en mallorquín, Juan Mateo en los papeles y Mateu para los demás, es para mí: papá. Es el hombre de mi vida en un sentido estricto, porque sin él yo no estaría aquí. Ahora estoy aquí por él, y sé que habrá venido a recogerme, como siempre, solícito cuando se trata de alguien de la familia, demasiado, según mi punto de vista. Me exaspera sin que haya ninguna razón concreta. Me exaspera su bondad infinita y ese reclamo de amor en sus ojos cuando me mira que es casi una súplica. Como si en el fondo sospechara que no puedo corresponderle, o que no le correspondo como a él le gustaría porque siempre quiere más y yo no sé. Intentará cargar con mi bolsa, le diré que no hace falta, insistirá, volveré a decirle que no, lo preguntará una tercera vez: «*Segur que no vols que te la dugui?*».

Él no dice que no a nada, y tú tienes que decírselo tres veces para que lo acepte. ¿Seguro que no quieres probar el postre que ha pedido en el restaurante? ¿No quieres que te acompañe en coche? ¿Seguro que no quieres que vaya a Barcelona para ayudarte a configurar el ordenador? No, no y no. Gracias, pero no. Esa insistencia me pone en su contra con una vehemencia que él se toma como una confrontación. Quizá lo sea. Brusca por impaciente. Pero ¿no sería más sencillo que él admitiera lo que quiero o dejo de querer, sin insistir en su idea de lo que considera que yo debería querer? No sé lo que me pierdo, estoy equivocada, debería dejarme ayudar y asesorar, y no llevarle siempre la contraria, piensa. Supongo que, a estas alturas, esperar que él cambie la percepción que tiene de mí no tiene sentido. Por otro lado, también es tarde para que yo aprenda a dejarle hacer o dejarme llevar, a dejarme querer, como sí hago, en cambio, cada vez que viene a buscarme al aeropuerto. Nuestras pequeñas treguas se concentran en el reencuentro.

Ahí está. Me espera donde siempre, enfrente de la puerta D, aunque ya debería saber que nunca facturo y que salgo directamente por la puerta lateral. Es alto y su pelo ya está del todo blanco. Va muy despeinado. A medida que me acerco —aún no me ha visto, porque intenta divisarme al otro lado del cristal y yo ya estoy fuera—, me fijo en que lleva la camisa desabrochada casi hasta el ombligo. No se ha afeitado. Parece un surfista retirado, o uno de esos hombres que viven en Miami y salen en las teleseries. O, espera, a lo mejor pretende ser Jeff Bridges en *El rey pescador*, aunque se parece más a Jeff Bridges en *El gran Lebowski*.

Me descubre por el rabillo del ojo, se vuelve hacia mí y abre los brazos exageradamente. Entonces, como si hubieran esperado esa señal, una pareja de negros se aproxima al galope: él me enfoca con una cámara de vídeo, ella me pone una grabadora en la boca. Son casi tan altos como mi padre, rondarán los veintipocos, sus brazos satinados brillan como el ébano pulido.

Miro a mi padre estupefacta. De qué coño va esto. Él pronuncia mi nombre completo, con los dos apellidos, y me pregunta cómo ha ido el viaje, imitando a un reportero de la prensa rosa. Los subsaharianos esperan a que yo diga algo, apuntándome con sus aparatos electrónicos, pero estoy muda. Por fin, logro balbucir un nervioso:

—*Papaíto, vols fer el favor de...*

No me deja acabar la frase, y grita que soy una escritora famosa. Algunos viajeros nos miran al pasar a nuestro lado. Mi padre pregunta si ya estoy trabajando en un segundo libro, cuáles son mis proyectos. Necesito salir de aquí. Los subsaharianos siguen mis movimientos hacia el exterior, como si pudieran arrancarme alguna declaración interesante. Esta vez mi padre ha olvidado ofrecerse a llevarme la bolsa; claro que esta vez mi padre no es mi padre. Es alguien que se ha metido en su cuerpo y se ha colgado una grabadora al cuello que no apaga nunca porque —me dice de camino al coche— necesita pruebas.

¿Pruebas de qué?, me atrevo a preguntar.

—*De tot!* —exclama.

De las amenazas, de su existencia. De la vida en general.

Cuando heredamos la casa, pareció cumplirse una suerte de justicia poética. Mis abuelos belgas acababan de vender Can Meixura, el lugar exacto donde empiezan mis recuerdos, paraíso perdido al que no podré regresar. Son Cors estaba a unos veinte kilómetros de allí, también pertenecía al municipio de Fenassar, y es donde nos reuníamos cada primero de agosto para celebrar el cumpleaños de mi abuelo mallorquín. No habíamos vuelto desde que dejó de cumplirlos.

Al heredar Son Cors, mi padre pensó que podría arreglar la casa y recuperar, en cierto modo, la memoria, aquel terreno propio del verano, y los fines de semana que habíamos perdido al vender Can Meixura: algarrobos, chumberas y la luz más bella del mundo. No en vano, *Son* significa «*açò d'en*», «esto de», una *possessió*, que es como se llaman los caseríos en Baleares.

Cors viene de «corso». A lo mejor aquella posesión fue corsa alguna vez. *Cors* también es el plural de «corazón».

Cuando le dije a mi madre que perder Can Meixura me dolía como si me hubieran arrancado un brazo o se hubiera muerto un ser querido —de hecho, todos morimos un poco, fue como malvender nuestro pasado—, a ella le costó entenderlo. Mi madre no tiene ningún sentimiento de pertenencia. Nació en Bélgica y vivió en Asturias, Madrid y París antes de instalarse en Mallorca al casarse. Si le preguntaras dónde están sus raíces, seguramente no sabría qué contestar. Eso no la vuelve una desarraigada. Aunque, bueno, la palabra desarraigada me hace pensar en descarriada, que no es lo mismo. O tal vez sí.

Tanto da. Son Cors no era Can Meixura: no tenía vistas al Puig de Sant Bartomeu ni rastros de mi infancia correteando por sus campos, pelándose las rodillas al trepar a los árboles, aprendiendo a reconocer a un petirrojo y una abubilla, a distinguir el canto de un ruiseñor y el de un mirlo, escondiéndose en cabañas construidas en el interior de los matorrales, donde enterramos a Dalma, nuestra vieja pastora del Pirineo. No hay fotos amarillentas de cuando la electricidad llegó a Son Cors, como sí las hay de cuando llegó a Can Meixura, y yo, a mis tres o cuatro años, señalo una lámpara encendida mientras pongo cara de flipe. A Son Cors nunca fue un zahorí, que a mí me pareció que movía a propósito el péndulo cerca de los algarrobos frondosos de Can Meixura porque eran la mejor prueba de que allí habría agua. Ni llegó luego un camión por el angosto camino que serpenteaba hasta la casa, en el que mi padre y mi abuelo quitaban piedras y yerbajos, y me pedían que les ayudara a primera hora de la mañana, antes de que el sol cayera a plomo sobre nuestros sombreros de paja.

Los del camión perforaron el suelo. Cada tubo que introducían en la tierra tendría unos tres metros de largo y costaba un dineral. Podían dar con roca y, en tal caso, sería una inversión perdida. Por otro lado, la intención de mis abuelos belgas era retirarse allí cuando se jubilaran. Si no había agua, habría que pensar en una alternativa. Seguramente tendrían que quedarse en Madrid, donde vivían, y venir solo los meses de verano y algunos días de primavera, como hasta entonces. Para estancias cortas, les bastaba con lo almacenado en la cisterna.

Pero la perforadora no dio con roca, el agua salió a chorro, expulsada con la fuerza de un orgasmo, y me puse a bailar y a brincar como un indio bajo la lluvia después de una gran sequía. O, por lo menos, como los indios que aparecían en los libros ilustrados.

A mi madre no le gusta el campo. Iba obligada a Can Meixura, primero por mí, una niña no puede pasar los fines de semana encerrada en la ciudad, y desde que se instalaron allí, por sus padres. Cuando por fin vendieron la casa, el año pasado, se sintió liberada. Ya no tendría que volver. Cuando unos meses después mi padre heredó Son Cors, pensó que el destino le gastaba una broma pesada.

Son Cors no tenía grabada nuestra historia, pero sí una fecha encima de la puerta: 1719. Mi padre dedicaba su jubilación recién estrenada a arrancar malas hierbas y plantar palmeras, intentando adecentar un lugar al que a mi madre no le apetecía ir y al que yo iría muy poco, porque vivo en Barcelona. Dos o tres veces por semana, mi padre recorría los sesenta kilómetros que separan Palma de Son Cors, y se pasaba allí las horas, rastrillo en mano y la camisa abierta, los pulmones llenos de aire puro, arreglando con sus manos lo que el tiempo se empeñaba en erosionar bajo la maleza.

Podría haber sido siempre así. Escuchar distraídamente sus progresos, los domingos por la noche al teléfono —«*avui he fet un muret per protegir es roser que vaig plantar aferrat a sa façana de ses pletes*», «*avui he hagut de redreçar es roser amb un filferro, perquè havia caigut amb es vent*»—, dejar que creyera que algún día pasaríamos allí las vacaciones, él convertido en el abuelo feliz de dos niños que yo tendría con Iván o con quien fuera, niños que serían tan felices como yo cuando trepaba a los árboles y volvía de mis aventuras con las bambas llenas de tierra y arañazos en las piernas, y a los que él, mi padre, les contaría historias mientras mirábamos la lluvia de estrellas, las lágrimas de San Lorenzo, como había hecho mi abuelo conmigo en Can Meixura.

Esta ilusión de mi padre llevaba implícita una necesidad de permanencia: él recuperaba la casa que fue de su abuelo, y luego de su madre, y en la que celebramos tantas veces el cumpleaños de su padre, todos en familia, rodeados de moscas y ovejas. Y quería seguir llenándola de recuerdos, igual que sembraba tomates en el pequeño huerto que había preparado, aunque no tuviera ni idea de horticultura, esperando que quedara algo de todo eso para cuando él ya no estuviera. Tal como sigue ligada a esta casa la fecha del primero de agosto, y también el año de su construcción en la fachada sobre la puerta.

Ni por un momento se le pasó por la cabeza que yo no fuera a tener hijos, ni mucho menos lo que al final ocurrió.

Suena un leve pitido a la vez que parpadean los faros y se desactiva el seguro de las puertas. Sabía que se había comprado un coche, pero no me imaginaba esto. «*Un cotxe de senyor*», dijo al teléfono. Los subsaharianos se acomodan familiarmente en el asiento de atrás mientras la capota del Audi dorado se desliza hacia el maletero con un zumbido. ¿Cómo es que mamá no me había advertido de esto? Recuerdo las palabras de mi tía: «Tu padre está gastando un montón de dinero, compra cosas inútiles sin parar, le regala aparatos electrónicos a todo el mundo, grabadoras, cámaras digitales, lectores de DVD, ¡incluso ha contratado a dos senegaleses!».

Mi padre se ha puesto las Ray-Ban de aviador que llevaba antes de casarse. Subo titubeante a su lado. Me abrocho el cinturón y por un momento creo que hará rugir el motor, como si condujera un Porsche o un Ferrari. Pero el coche sale silenciosamente del parking y se incorpora a la autopista bajo el cielo azul. Entonces mi padre acelera. Va enumerándome las maravillas del Audi y de vez en cuando se vuelve para indicar a los subsaharianos lo que tienen que grabar, ahora un avión que aterriza, ahora un molino sin aspas, mientras conduce a una velocidad excesiva sin poner demasiada atención y pita a los coches del carril izquierdo para que se aparten.

Este no es mi padre, no dejo de repetirme. Soy incapaz de reconocerle, tan eufórico y ansioso, y con ese vacío abismal en los ojos, sin ningún respeto por la muerte ni por ninguno de los que ahora mismo estamos en sus manos, incluido él.

Ha tirado la toalla. El idealista, el creyente, el hombre convencido de que un mundo mejor era posible, el que confiaba en las personas, el que llevaba toda la vida luchando por la justicia social, ha sucumbido a la decepción. Nunca será un cínico. Él no puede serlo. Yo lo intento, pero no me sale.

Mi padre no es mi padre. No tengo ni idea de quién es. Un desconocido que, de pronto, ha soltado las riendas de su vida.

2. La entrada

—Es como un Quijote del siglo XXI —dice Marcel—. Fíjate en que juega al borde del precipicio, pero no llega a perder la cordura. Utiliza los métodos del paranoico o del loco precisamente para iluminarnos.

Me encojo de hombros:

—Siempre ha sido un provocador. Pero tienes razón: incluso tiene dos escuderos negros, como si fueran Sancho Panza. Pero sin panza. Están muy flacos.

Marcel no sabe qué hacer. Seguramente piensa que abrazarme estaría fuera de lugar. Nunca ha entendido que racionalizarlo todo está muy bien, pero que a veces con un gesto basta. Una caricia. El contacto. Eso mismo que me cuesta ofrecerle a mi padre, a él le cuesta ofrecérmelo a mí. Fue así el tiempo que salimos juntos, y ahora sigue siendo así porque ya no salimos juntos. Se balancea un poco y despega los labios, como si fuera a decir algo. Pero luego ese instante se pierde.

Marcel lo calibra todo, buscando siempre la exactitud. No puede permitirse un error ni, por supuesto, me lo puede permitir a mí. Sigo queriéndole y le querré toda la vida. Pero acabó conmigo. Iván me salvó. Marcel no lo sabe. Ni siquiera sabe que Iván existe.

—Bueno... —murmura, mientras se mete las manos en los bolsillos de los vaqueros para evitar la tentación de tocarme.

Le doy las gracias por haber venido, con los brazos cruzados cerrándome la chaqueta, como si tuviera frío. Y justo entonces entra un vecino, el del quinto, un hombre calvo en chándal. Sonríe cuando me ve y pregunta qué tal todo por Barcelona. Luego reconoce a Marcel y se queda un poco cortado. «Vaya, hola», carraspea, «leo todos tus artículos». Marcel agacha la cabeza y pide disculpas. Es una broma que el vecino no entiende, y finge que ha oído otra cosa y se despide con un «de nada, hombre, sigue así», antes de meterse en el ascensor.

Volvemos a quedarnos solos en la entrada fea de este edificio impersonal años setenta en el que viven mis padres. Aquí es donde, de adolescente, me despedía de mi primer novio con unos morreos de buenas noches que sabían a chicle de clorofila.

—Gracias por venir, en serio —repito con un nudo en la garganta—. Me has ayudado mucho. No sabes cuánto.

Está mayor. No. Es mayor. Me sorprende que antes no lo viera. O tal vez sí lo hacía, pero estaba tan loca por él y tan ciega que transformaba esa certeza en cualquiera de esos espejismos con los que revestimos de adoración los inconvenientes. Así es como nos engañamos.

No quiero que se vaya. Quiero que volvamos a subir y nos sentemos a tomar el café con mis padres, aunque ni él ni mis padres toman café, y finjamos que somos una familia bien avenida, tradicional, aburrida. Quiero que hablemos de cualquier cosa, del tiempo y lo mal que está todo. Y luego nos despidamos de ellos, yo con dos besos, y él con un apretón de manos, nos vemos el fin de semana que viene, les diríamos, y Marcel me llevaría a su casa a echar una siesta después de hacer el amor mientras las olas rompen contra las rocas que hay debajo de su ventana.

Pero nunca fue así. Casi veinte años mayor que yo, Marcel primero temía que nos vieran juntos y, luego, que pudiéramos vernos juntos nosotros. Sabía que yo no volvería a Mallorca por él y a él no se le había perdido nada en Barcelona, de modo que nuestra relación estaba condenada a mantener las distancias. Lo que podría haber sido la clásica historia entre maestro y becaria se convirtió en otra cosa completamente distinta tras pasarnos cuatro años enviándonos a diario largos e-mails que parecían cartas, sin quedar ni una sola vez, instalados en un cómodo flirteo platónico-intelectual. Hasta que, por fin, un verano que yo estaba en Palma, le propuse que fuéramos a tomar algo. Era extraño mantener de repente una conversación normal, y no por escrito, mirándonos a los ojos, midiendo la rapidez de nuestras respuestas, sentados en una terraza rodeados de gente, iluminados por una vela que pretendía conseguir un ambiente romántico y que más bien nos incomodaba a ambos. Marcel no soltaba un botellín de Coca-Cola light, al que daba vueltas entre los dedos mientras pensaba qué preguntas debía hacerme para parecer interesado en mí y calculaba las posibilidades de que, si me proponía ir a su casa, yo dijera que sí.

«¿Qué te apetece hacer?», preguntó cuando hacía un

rato que me había acabado la cerveza. «Lo que tú quieras», contesté invitándole a que me invitara.

Me llevó a su casa asomada al mar. Parece un gran barco varado. Las paredes que dan a tierra están recubiertas de libros. «¿Cuántos tienes tú? ¿Más de mil o menos de mil?», preguntó. Sacó un bikini fucsia de un cajón, y me lo ofreció. Se apresuró a aclarar que era de su hermana. A mí, de todos modos, me daba igual. Bajamos a las rocas por una escalerilla. Nadamos en la oscuridad. El agua estaba tibia. Tardó en acercarse y, hasta que no lo hizo, ni siquiera se me ocurrió que fuéramos a besarnos, aunque era obvio. Nunca pienso que alguien pueda sentirse atraído por mí. Y cuando noté su brazo rodeándome la cintura y sus labios buscando los míos, mientras pataleábamos para no hundirnos, mi pulso se aceleró más por el asombro que por el deseo. Dijo: «Subamos». Palpitábamos bajo el bañador empapado.

Creo que no perdió el miedo hasta que su padre murió. Pero entonces ya era demasiado tarde, porque hacía dos meses que yo vivía con Iván. De todos modos, compré un billete con la misma urgencia que esta mañana, y fui al funeral. Marcel me presentó a su familia. De pronto, se comportaba como si estuviéramos casados. Yo hice lo propio, incapaz de aclararle, mientras él enterraba a su padre con la misma impasibilidad con la que me amó, que lo nuestro se había acabado. Él tendría que haberlo entendido, llevábamos seis meses sin intercambiar palabra. Pero Marcel nunca entendía las cosas como el resto del mundo.

Después del funeral, nos concedimos dos días y dos

noches de ficción. Cuando, al volver yo a Barcelona, Iván me vio la cara, lo entendió todo, pero no preguntó. Entonces supe que estaba salvada y me comprometí a quererle tan incondicionalmente como él me quería a mí. Sin conflictos, ni drama. Compañeros de trabajo, de piso y de vida, cómplices, amantes. Amigos íntimos.

Era imposible olvidar a Marcel. Pero aprendí a convertirlo en nostalgia y no en amenaza. Son decisiones más o menos inconscientes; adónde relegas los amores imposibles. Cuando entiendes que seguirán siempre ahí —que por más personas que conozcas y por bellas que sean, y por muy bien que os llevéis, no volverás a sentir que el universo se creó con el único fin de que Marcel y tú os conocierais—, adoptas esa herida como quien acepta que tiene un soplo en el corazón. Por lo general, no dará problemas, pero ahí está, y mejor si te cuidas. Estaré enamorada de Marcel hasta la muerte. Ahora lo sé. Pero no por ello —ni por él— sacrificaré mi vida. Y él lo sabía entonces. Por eso no se dejó llevar, ni permitió que yo lo hiciera, y nuestra relación fue tan tormentosa. Tan inestable e indefinida, ahora sí, ahora no, ahora sí pero no. Nunca podía bajar la guardia. ¿Qué coño quería?

Iván lo tiene claro: me quiere a mí. Y me lo dejó claro desde el principio. En esa confianza se basa nuestra historia. Una confianza que entiende que no es necesario contárselo todo. Qué es la sinceridad sino una claridad excesiva. Y nosotros le damos a la verdad una iluminación tamizada, doméstica. Hay cosas que es mejor que el otro no vea porque podrían hacerle daño o dar lugar a malentendidos. Iván me habla de los casos que sigue, y yo juego a ser detective. Intentamos resolver juntos las investigaciones que cubre como periodista de sucesos, recostados en el sofá, mis pies sobre sus rodillas, enterrados en los documentos que repasamos a conciencia, mientras suena una ópera en el tocadiscos que le regalé por su cumpleaños y él se inventa la historia de un aria: «Esta es la voz de un alma que ha perdido a la mujer a la que pertenece, y la busca desesperada». O me manda un e-mail diciendo que nadie escribe mejor que yo (es mentira, pero y qué), cuando los dos estamos en la redacción. Levanto la mirada de la pantalla del ordenador, Iván me guiña un ojo desde su mesa, a cinco redactores de distancia. Nos sonreímos.

Alguno de nuestros compañeros nos pilla y sacude la cabeza como diciendo: qué asco dais.

Cuando mi padre empezó a hacer cosas raras, Marcel me llamó. No habíamos vuelto a vernos desde el funeral de su padre.

Ver su nombre en la pantalla del móvil me sobresaltó, como siempre. Por la lealtad que quiero deberle a Iván, dudé antes de contestar. Sabía todo lo que removería el simple gesto de pulsar el botón verde. Y al mismo tiempo, era tan raro que me llamara —al morir su padre, me envió un SMS a las seis de la mañana y fui yo quien le telefoneé en cuanto vi el mensaje, horas más tarde; él no llama nunca, «para no molestar», dice—, era tan extraordinario, que solo podía deberse a algo importante.

Respondí un poco nerviosa, mientras me dirigía a la escalera de incendios del diario, que era el rincón que

Iván utilizaba para hablar con sus confidentes.

—Tu padre ha venido esta mañana al periódico —dijo Marcel.

Desde hacía unos días, mi padre bombardeaba a sus contactos con las últimas entradas de su blog, casi todas referidas al muro. Ponía denuncias que no prosperaban, y acusaba públicamente en su página a quienes no le hacían caso, empezando por el ayuntamiento de Fenassar. Al principio tuvo feedback, lo que lo animó a continuar, ya era hora de que alguien llamara a las cosas por su nombre.

Pero su insistencia empezaba a ser cansina y un poco inquietante. Las acusaciones de mi padre eran cada vez más directas y personales, convertidas en spam en el buzón de sus conocidos, familiares, antiguos compañeros de trabajo, políticos y un sinfín de periodistas, porque iba incorporando direcciones de correo para que sus textos tuvieran la mayor repercusión posible. Supuse que habría recurrido a Marcel para dejar constancia del dichoso muro. Se estaba obsesionando.

—Ha preguntado por mí. Quería verme —seguía Marcel, mientras yo subía las escaleras metálicas.

Marcel era el periodista más influyente de aquel diario mallorquín, y mi padre le admiraba. Leía todos sus artículos, y nunca he llegado a saber si salí con él para complacer a mi padre o para demostrarle que Marcel no era para tanto; una deconstrucción del ídolo. A ningún padre le gusta que su hijita adorada se enrolle con un hombre que tiene casi la edad de su mujer, por muy referente que sea. Y a veces me pregunto si no había por mi parte cierta rebeldía en el hecho de plantearle aquel dilema: una cosa era respetar a Marcel como profesional y otra, muy distinta, aceptar que ese asaltacunas saliera con su hija.

Habría sido perverso provocar deliberadamente aquella contradicción. Pero también tenía algo de enfermizo enamorarse de alguien que empezó siendo un rostro junto a su columna en el periódico doblado sobre la alfombra o el sofá, cuando los suplementos aún pesaban, los domingos a la hora del aperitivo. Incluso me asusta pensar que a lo mejor estudié periodismo por Marcel. O contra él. Mi motivación, mi gran reto, habría sido ponerme a su altura, superarle y hundirle. ¿Era posible? Lo jodido es que sí, no podía descartarlo. Aunque, al final, nadie ganó aquel duelo. Más bien perdimos todos.

—Quería que entrevistara a una yonqui —estaba diciendo Marcel—. La ha traído al diario.

—¿Cómo, una yonqui? —preguntaba mientras mis pasos sobre los escalones resonaban en las paredes.

Al acabar la carrera, hice las prácticas en el periódico donde trabaja Marcel, el periódico que siempre se ha leído en casa. Allí es donde nos conocimos, maestro y becaria. Luego volví a Barcelona.

—Una chica de la calle. Por lo visto, intentó suicidarse. Estaba a punto de lanzarse desde el puente de la riera y tu padre la agarró por detrás, pero ella se resistió. Forcejearon y tu padre se puso a gritar que alguien llamara a la policía.

Yo no entendía nada.

—Espera. ¿Quién quería suicidarse? ¿Cuándo?

—Hace un par de noches.

—A qué hora.

Marcel guardó un breve silencio antes de contestar:

—¿Y eso qué más da? Pues de noche.

Me costaba imaginar a mi padre solo por la calle de noche. Pero bueno, tal vez volviera de alguna reunión con aquel grupo ecologista del que es miembro.

—Entonces vio que una yonqui estaba a punto de saltar a la riera. ¿Es eso?

—Él no dice que sea una yonqui. Dice que es una artista que está pasando por un mal momento, y me ha pedido que la entreviste porque, según tu padre, es extraordinaria.

Había llegado a la última planta. Temí que, si abría la puerta verde con el icono de un hombrecillo corriendo, sonara una alarma.

—¿Extraordinaria en qué sentido? —pregunté.

Marcel carraspeó:

—Por lo visto... bueno, por lo visto es capaz de pintar los pensamientos de la persona que tiene delante.

Empujé la puerta. Que se disparen las alarmas, joder: mi padre está como una cabra.

No sonó nada, solo el chirrido de los goznes oxidados. Salí a la azotea.

—¿Y qué has hecho?

—Nada. He escuchado a tu padre y luego he pensado que tenía que llamarte.

—Pero ¿la has entrevistado?

Visualicé a mi padre junto a una chica escuálida, ojerosa, con los brazos moteados de hematomas, metidos en la sala de reuniones de la redacción, donde Marcel les atendería por deferencia a mí. Mi padre contando que la había salvado de una muerte segura.

—Me he quedado un poco preocupado —estaba diciendo Marcel.

A mis pies, doce pisos por debajo, los coches circulaban alrededor de una glorieta con una fuente, entre Gran Vía y Paseo de Gracia. Marcel era discreto y prudente. En ningún momento dijo nada ofensivo como «tu padre está fatal» o «ha perdido la cabeza», ni siquiera «nunca lo había visto así». Se atribuía a sí mismo cualquier valoración: él, Marcel, se había quedado un poco preocupado. Él, Marcel, pensaba que tenía que llamarme.

—Ya, es que últimamente está un poco acelerado —respondí.

Habría sido más exacto decir que lo que tenía acelerado mi padre era el cerebro, con ideas que le atacaban como si fueran lanzas con la punta envenenada de miedo. Aunque eso era demasiado poético para una conversación factual como aquella.

Marcel no pretendía incomodarme, pero debió de creer que lo hacía, porque se estaba disculpando. Tal vez se metía donde no lo llamaban.

—No, al contrario, te agradezco que me lo hayas contado —suspiré asomada al centro de la ciudad.

Gente que no sabía de qué va el mundo entraba y salía de las tiendas de ropa, donde los maniquíes posaban en los escaparates. Dos chicos cruzaron corriendo en rojo. Las raíces de los plátanos horadaban el asfalto.

Por eso he invitado a Marcel, después de que mi padre nos trajera a los senegaleses y a mí a ciento sesenta kilómetros por hora con la capota bajada, el pelo golpeándome en los ojos y un miedo que no tenía que ver con la muerte. Y al llegar a casa, al piso en el que viví mis primeros dieciocho años antes de irme a Barcelona, mi madre actuaba con una naturalidad exasperante, como si todo estuviera en su sitio, cuando no era así ni por asomo: mi padre descamisado y eufórico incapaz de estarse quieto, la pareja de senegaleses cogiendo una manzana del frutero o sirviéndose un vaso de agua en la cocina como si estuvieran en su casa, mi madre preguntándome qué tal el vuelo y exclamando que qué bien que no haya tenido retraso.

Necesitaba volver a la realidad. De ahí que Marcel coma con nosotros, con esta extraña familia formada de repente y en mi ausencia: mamá, papá, Aminata y Ousmane. Cuando Marcel ha llegado con un ramo de flores que parecía lo único coherente en esa situación —aunque mi madre no haya sabido dónde meterlo y haya acabado tan descolocado como nosotros, en un medidor de plástico sobre la gran mesa del comedor—, he actuado con la misma normalidad con la que me han tratado a mí al llegar. Marcel nos ha seguido el juego, sin dejar entrever ni un leve dónde-coño-me-he-metido-menuda-casa-de-chiflados.

La comida ha sido todo lo violenta que se podía esperar. Cada vez que alguien decía algo, Aminata le acercaba la grabadora y Ousmane le apuntaba con la cámara, con lo cual, era preferible comer en silencio sin levantar los ojos del plato. Aminata hacía ruido al masticar. Marcel repetía que todo estaba muy bueno, sin saber que la comida era de un local donde hacen menús por encargo. El sol entraba con una alegría postiza por la ventana. Y entonces, como quien no quiere la cosa, como el que comenta el resultado de un partido o la última película que ha visto, a mi padre se le ha ocurrido decir:

—Oye, Marcel, ¿y tú estás aquí para ver si puedes recuperar a mi hija o es que ahora quieres quitarme a mi mujer?

Mi madre, ágil, sonriente, se ha ofrecido a servir más ensalada.

—Esto hay que acabarlo —decía ligera.

Tengo la sospecha de que los senegaleses no entienden nada, así que ni se han inmutado. Yo habría querido fulminar a mi padre con la mirada, pero no me he atrevido por si decía: «¿ahora qué pasa?», y nos enfrascábamos en una de nuestras discusiones colosales. Mejor seguir con aquel simulacro de familia, por lo menos hasta el postre; no apartes los ojos del plato, que pase rápido. Marcel ha aguantado estoicamente y luego, en la sobremesa («no gracias, no tomo café», y mi padre justo antes: «solo tomaré café si alguien me acompaña, no quiero que lo preparéis por mí»), se ha despedido con una educación exquisita. Le he dicho que bajaba con él.

—Bueno, ya has visto cómo está el patio —comento hundiendo las manos en los bolsillos de la chaqueta.

—Creo que se pondrá bien —contesta—. Ahora está enfadado con el mundo, pero fíjate en que nunca traspasa los límites. No es que haya perdido la noción de la realidad, sino que la ve en toda su monstruosidad y eso le asusta. Es normal. De todos modos, ya verás cómo se le pasa pronto y le devuelve la dimensión que le corresponde. O por lo menos, la que nos la hace asequible al común de los mortales.

No sé si está siendo sincero o lo ha dicho para tranquilizarme.

—Ya —chasqueo la lengua—. Es como si quisiera llamar la atención. Como si no pudiera resistir que hayan dejado de escucharle, ahora que no da clases y le quedan tantas cosas por decir.

Si un psicólogo profesor de instituto tiene tanto miedo a perder la palabra, ¿qué será de nosotros, periodistas, que vivimos de la voz que tenemos? Esto no se lo comento a Marcel, porque está más cerca de la jubilación que yo, y porque su voz es más potente que la mía. Pero pensar en ello es sobrecogedor: ¿cómo se enfrenta uno a su propio enmudecimiento?

La voz es lo primero que desaparece.

Y con voz o sin ella, el periodista sabe mejor que nadie que la realidad es mucho más feroz e inmisericorde de lo que nos atrevemos a admitir. Nadie soportaría ser consciente de su auténtica dimensión.

Volvemos a quedarnos en silencio. La luz de las cinco de la tarde entra oblicua por el ventanal que da a la calle, ancha y vacía. Hay dos árboles raquíticos en la acera de enfrente. Coches aparcados. Ni un peatón. El suelo encerado del portal brilla y, en un rincón, un ficus agoniza. Ya solo queda despedirse. ¿Y cómo lo hacemos? ¿Con dos besos protocolarios en las mejillas, dejando claro que lo nuestro se acabó, o con uno casto en los labios, licencia por los casi tres años que salimos juntos?

La última vez follamos sin parar. Pero entonces su padre acababa de morirse.

—He leído tu libro —suelta Marcel.

Noto un vacío en el estómago. Sé que no añadirá nada más. No puedo esperar ningún comentario sobre lo que le ha parecido. Ha transmitido una información que consideraba que yo debía tener, y con eso ha cumplido. Repito la broma que él le ha hecho antes al vecino del quinto:

—Vaya, pues lo siento.

Añado:

—A ver qué pasa ahora.

Ya no estamos hablando de nosotros.

—Es imprevisible —dice—. Controlar si se venderá o no, si tendrá buenas críticas o lo destrozarán, eso ya no depende de ti. Nunca se sabe cuándo un libro pasará desapercibido o será un best-seller.

—Bueno, me lo pasé muy bien escribiéndolo, que es de lo que se trata.

Error. Cagada monumental. Sé que no está de acuerdo. Para él, escribir no debería ser una diversión, sino un desafío. Y hay que tener mucho cuidado con lo que se cuenta, porque eso es lo que permanece, independientemente de que sea verdad o no.

«Tú sabrás lo que quieres que la gente piense de ti», solía reprocharme cuando salíamos juntos y yo frivolizaba en algún artículo o hablaba de cosas que él consideraba poco serias. «Qué más da, si total nadie lee», le replicaba yo, «mejor ser libre y escribir lo que me dé la gana, ¿no? Mientras pueda hacerlo».

Íbamos cogidos del brazo como un matrimonio de los años cincuenta hacia la cafetería, una húmeda mañana de invierno, cargando con toda la prensa nacional e internacional que acabábamos de comprar en el quiosco. Nos sentábamos en una mesa que ya parecía reservada para nosotros, junto a la ventana que daba a la calle, los periódicos cubriendo su superficie de falso mármol.

Él solo tomaba café en aquellas ocasiones, y nunca más de uno, porque le ponía nervioso. Así eran los fines de semana que pasábamos juntos en Mallorca: hablar de lo que ocurría más allá de nuestra piel y aquella isla de la que Marcel no salía casi nunca y a la que yo no volvía más que para visitar a mi familia y, sobre todo, para verle a él. A menudo iba sin contárselo a mis padres, aun a riesgo de encontrármelos por Palma. O peor: de aparecer mientras dormían, porque Marcel acababa de decidir, en plena noche, que no podía quedarme en su casa y yo no tenía adónde ir.

Discutíamos porque le sacaba de quicio que yo fuera tan naíf. Ni siquiera le gustaba que me fijara en según qué noticias, siempre había otras que eran de verdad importantes. Parecía que esperara a que yo cometiera algún error para decirse: ¿lo ves? Esta niñata no es digna de tu devoción. No puedes tomártela en serio, si no se toma en serio ni a sí misma. Olvídala.

«Párrafo y frase» era su consigna cuando le acusaban de haber sido inexacto en algún texto. Si alguien es capaz de señalar en qué frase de qué párrafo te has equivocado, malo. Generalizar es aún peor; las generalizaciones son hacer trampa. Marcel me llamaba *trickster*.

Si me justifico diciendo que el libro que acabo de publicar es una novela menor, él me preguntará por qué lo he publicado entonces, y añadirá que tengo que ser más exigente. Admitir algo así sonaría a falsa modestia y resultaría irritante, por eso lo he descartado enseguida. Decirle que me divertí escribiéndolo tampoco ha sido buena idea, porque ahora él corrobora lo que siempre sospechó: que soy una superficial sin ningún respeto por mi trabajo ni por el talento que pueda tener, ya no digamos por los lectores.

Con Marcel tengo la impresión de que, diga lo que diga, meteré la pata. Nunca estoy a su altura, nunca soy perfecta. Cuando salíamos juntos, le defraudaba sin parar. Lo mismo siento que me pasa, a veces, con mi padre.

Claro que, cuando nos enfadamos, mi padre no me mete en el coche para llevarme al aeropuerto, como quien devuelve una entrega defectuosa, un paquete en mal estado: ya no lo quiero, que se vaya a Barcelona.

Marcel sí lo hacía. Cuando íbamos a su casa, él había establecido una especie de código por el que, si aparcaba en la calle, significaba que no dormiríamos juntos y me acompañaría al piso de mis padres, donde estamos ahora. Si, en cambio, aparcaba en el garaje, podría quedarme, por la mañana leeríamos todos los periódicos en la cafetería y, con un poco de suerte, compartiríamos el fin de semana entero. Siempre y cuando no le sacara de sus casillas. En tal caso, se desentendería de mí.

Qué rápido se le olvida al corazón lo mucho que lloré por su culpa y cómo le cuesta (y le costará) a mi cabeza reponerse. Me volví loca. Iba con pies de plomo, repasando mil veces cada palabra antes de escribírsela o pronunciarla. Pagaba demasiado caro el error, por nimio que fuera. Me hice tan pequeña. No. Me hizo tan pequeña.

Y ahora, sin necesidad de decir nada —quizás ha dado un respingo imperceptible cuando he comentado que escribí el libro para divertirme porque es de lo que se trata—, noto el ácido borboteando en mis venas otra vez, todos los músculos en tensión, como si no hubiera pasado más de un año desde que lo dejamos y él aún pudiera sancionarme con el abandono. Ha ido bien hasta ahora. Ha ido bien dadas las circunstancias. Hemos sabido comportarnos. Y ya en la despedida, en este portal feo donde un espejo inmenso que cubre toda la pared nos refleja a unos precavidos metros de distancia, delante de los buzones y una papelera rebosante de propaganda, vuelvo a sentir la misma angustia que fue ahuecándome el tiempo que estuvimos juntos, o juntos con un mar entre los dos, o intermitentemente juntos, o la mierda que fuera aquello.

Era tan difícil hacerle feliz. Tan difícil gustarle y hacer las cosas bien. ¿Y por qué insistí? Nunca lo vi como un cabrón egoísta, un déspota inmaduro. No creía que las personas pudieran ser malas. Los chicos malos no son malos de verdad. La maldad solo es la expresión distorsionada de alguna carencia, falta de afecto, o de seguridad, o de autoestima, o de educación. Eso pensaba, y también que, con paciencia, todo acaba por aclararse y entenderse.

Marcel necesitaba odiarme para desearme. No concebía la posesión sin humillación. Yo quería enseñarle que no se trata de dominar, sino de confluir. Pero a lo mejor amarme nunca entró en sus planes. Decía: «Vamos». Y aquella noche no dormiríamos juntos. Se levantaba de la cama para meterse en la ducha, mientras las olas seguían rompiendo bajo su ventana. Yo entraba en el otro cuarto de baño, intentando entender qué había hecho mal. Mi cuerpo desaparecía en el vaho. Su olor desaparecía de mi cuerpo. Luego actuábamos con la misma naturalidad surrealista que la de hoy en la comida, como si fuera normal que me llevara a casa de mis padres de madrugada, aunque yo hubiera viajado a Mallorca solo para estar con él.

—Bueno —suspiro—. No se lo tengamos en cuenta. A mi padre, digo. Está pasando por un mal momento.
—Tu padre es un buen hombre. Es una gran persona. Y tu madre también.
Asiento con la cabeza:
—Sí que lo son.
Nos acercamos a la pesada puerta de cristal y la abro antes de darle las gracias por enésima vez.
—¿Hasta cuándo te quedas? —pregunta.
—Me voy esta noche —miento.
No quiero plantearle la posibilidad de que volvamos a vernos. O a lo mejor quiero evitar siquiera que me lo proponga, si le digo que me quedaré hasta mañana.
—Entonces buen viaje.
Y eso es todo. Ni en las mejillas ni en los labios. No hay beso. Como cuando trabajábamos juntos en el diario, durante mis prácticas, y apenas intercambiábamos unas palabras si coincidíamos en la cantina o la hemeroteca. Antes de empezar a escribirnos e-mails larguísimos que parecían cartas y de todo lo demás.
Él se va y yo aún me quedo un rato aguantando la puerta, preguntándome cuándo dejaré de temblar.

3. La salida

Supongo que, si tus padres son psicólogos, escribir se convierte en la única opción. Te han educado para que lo verbalices todo, para que te expreses como puedas. Así que te pones a ello, porque no sabes entender las cosas sin desengranarlas antes. Y una vez analizadas, puedes transformarlas en abstracción.

Por eso resulta paradójico que, habiendo estudiado comunicación, tenga tantos problemas para comunicarme con mi padre, que estudió psicología para entender a todo el mundo.

¿Por qué estudié periodismo? Todo el mundo sabe que es una mierda de carrera sin salidas, que serviría a lo sumo como posgrado después de unos estudios de verdad. La nota de corte, en 1995, era de 6,7. Yo saqué un 6,96. Ni siquiera fui notable.

La mayoría de estudiantes de periodismo dirán que eligieron la carrera porque les gusta escribir. Habrá algún friki de la radio, y otros que querrán hacerse famosos en la tele, pero estos también dirán que les gusta escribir. Decir que te gusta escribir es como decir que eres sensible, reflexivo y tienes ambición artística. Equivale a decir que tienes algo que decir. El periodismo, a mediados de los noventa, aún se consideraba un trabajo. Lo llamaban el Cuarto Poder. Pero ninguno de los encuestados, ante la pregunta «¿por qué elegiste periodismo?», habría contestado «para tener poder». O no, al menos, en mi universidad.

A mí me gustaba escribir, pero el motivo por el que elegí periodismo fue otro. El mismo por el que mi segunda opción fue biblioteconomía y la tercera, antropología: aquellas carreras no se impartían en Mallorca. Y yo necesitaba largarme de la isla.

¿Por qué Barcelona? La respuesta también parte de una negación. Simplemente, porque Barcelona no era Palma.

Iván se hizo periodista por una película, *Luna nueva*, de Howard Hawks. Es la comedia a la que nos vemos abocados todos los que decidimos dedicarnos a esto. No podemos aspirar a otra vida que no sea la del estrés y la curiosidad, las preguntas que exigen una respuesta. Lo visible nos aburre. Necesitamos dejarnos sorprender por lo que hay debajo de esa realidad aparentemente ordenada de rostros sin biografía y espacios que son escenarios. ¿Quién hay detrás de esos rostros? ¿Quién construyó esos espacios? ¿Qué esconden?

El psicólogo analiza almas humanas y el periodista le busca el alma al mundo. Suele ser un alma en pena que arrastra los pies, agarrada a la sombra de la historia o la desmemoria. La vida en sí nos parece poca cosa, si no es para desentrañar vidas ajenas, enseñar los engranajes que harán un poco más comprensible el mecanismo de casi todo. Por eso nos cuesta entender a los desinteresados, a los apáticos, a los que no tienen sed ni olfato, los que se conforman con el reducido espacio de conocimiento que les ofrece la comodidad de un sofá frente a la tele, en la que los informativos ya no saben qué hacer para acaparar su atención.

Hasta que una noticia lo cambia todo.

Nos gustaría desengancharnos de la actualidad, aprender a disfrutar de lo que disfrutan los demás sin cuestionárselo. Pero estamos fatalmente enamorados de una profesión que nunca nos satisfará, que exigirá más y más, hará que nos sintamos pequeños, como Marcel me hacía sentir a mí. Siempre quedarán secretos por sacar a la luz; a veces, en nuestra propia familia.

¿Qué hacer entonces?

Cuando llevas casi la mitad de tu vida dándole vueltas a una historia y te preguntas si subconscientemente no estudiaste periodismo por culpa de esa historia, entonces sabes que, tarde o temprano, acabarás escudriñándola. Y esta certeza da miedo. Primero, por lo que puedes descubrir. Segundo, porque aunque no descubras nada malo, antes habrás removido muchas cosas que a lo mejor están bien como están. Sabes que puedes herir a las personas que más quieres y quieres proteger. Pero lo más terrorífico es que también sabes que eso no te detendrá. Hasta que no indagues, vivirás en la angustia de las tareas pendientes. Y en cuanto empieces a hacer preguntas, pertinentes e impertinentes, te instalarás en la obsesión.

La mayoría de personas postergan ese momento. Los periodistas no pueden esperar.

De Marcel aprendí la importancia de la exactitud, la exigencia de ser minuciosa. «¿Hasta dónde podemos contar?», le preguntaba. Él respondía: «Depende de hasta dónde quieras saber». Y añadía: «Pero no hagas trampas».

Como redactor de sucesos, Iván me enseña a seguir pistas, a leer entre líneas, a sacar conclusiones y confirmarlas. En *Luna nueva*, la protagonista le dice a su exmarido: «Walter, eres maravilloso. De un modo repugnante».

La verdad es maravillosa y repugnante.

Nuestra pasión es el trabajo, por eso nos amamos entre nosotros, porque no hacemos más que hablar de ello, nos desvivimos por él. Sin la excusa del periodismo, no nos aguantaríamos. Somos despreciables. Yo lo sé. Marcel lo sabía. El único que lo ignora es Iván, y me ocuparé de que no lo descubra.

—Qué pasa, melón. ¿Cómo está tu papi? —pregunta al teléfono.

—¡Pues anda que el tuyo! —contesto tumbada en mi cama de cuando era pequeña, rodeada de trastos que ya ni siquiera sé si son recuerdos.

La tarde ha sido tranquila. Mi padre ha grabado el capítulo de una serie que quiere titular: *Las putadas que me han hecho a lo largo de mi vida*. Consiste en relatar alguna historia injusta mientras los senegaleses le enfocan con las cámaras. Hoy ha hablado de la zona de embarcaderos que había en el puerto de su infancia. La han convertido en un parking horrible donde los coches brillan sobre el mar, con la intención de ensanchar la pequeña carretera que lleva a la playa. «*Estam perdent la nostra terra ferida*», decía.

Luego los senegaleses se han ido, y mi padre no se ha despegado del ordenador. Prefiero no pensar en lo que estará tramando.

—Aquí estoy, en mi casa —dice Iván—. Bueno, en la suya. Es decir, en la de mis padres, que desde diciembre solo es suya. O sea, que es de los dos, pero en la que solo vive él. Joder, qué lío.

—¿Estás en tu cuarto? —pregunto.

—Sí. En la cama más pequeña del mundo.

—Yo también. ¿Y aún guardas los apuntes del instituto?

—Aquí los tengo. En cartapacios con anillas y las esquinas dobladas y rotas.

—¡Los míos también!

—Y tengo la colección entera de Tintín. Y la de Astérix.

—Y yo.

—Oye, melón, pero ¿tú te has ido a Mallorca o estás en la dimensión desconocida de mi cuarto y por eso no te veo?

—Ojalá —murmuro—. Creo que necesito un abrazo.

—¿Durillo?

Resoplo:

—Un poco, la verdad. ¿Tú qué tal?

—Bien —dice sin convicción—. El que está jodido es él, que no levanta cabeza. Todo el día hecho polvo, que no entiende a mi madre, que por qué tenían que separarse, que a ver quién le va a querer a estas alturas. Le he dicho que está hecho un toro, que las va a volver a todas locas. Y le he dado unas clases aceleradas de ligoteo, para que aprenda a entrarle a las divorciadas.

Me río:

—¡Maldito donjuán!

—Oye, que mañana nos vamos al Polo a ponerlas en práctica.

—¡¿En serio?! ¿Y cómo piensas hacerlo?

—A ti te lo voy a contar.

Con Iván todo es fluido, todo es fácil.

—Tintín no era un gran reportero, ¿verdad?

—No recuerdo que haya escrito ni un artículo. Y eso que tenía la exclusiva del fin del mundo.

—La Rana Gustavo tampoco escribía. Pero hacía retransmisiones en directo.

—De la Rana Gustavo solo aprendí la palabra «dicharachero».

—¿Cómo sería en inglés?

—Ni idea.

—¿Llegas mañana? —pregunta.

—Sí, por la noche, sobre las nueve.

—Iré a buscarte al aeropuerto.

—No hace falta.

—Pero es que quiero ir.

—Pero si tienes cosas que hacer...

—Pesada.

—Tío bueno.

—Te echo de menos.

—Yo más.

Y así.

Mi padre tamborilea en la puerta de mi habitación, y no espera a que diga «¿sí?» para asomar la cabeza. Me mira y pregunta lo obvio:

—*Estàs parlant per telèfon?*
—*Ara ja no* —contesto.
—*Però, fas servir el teu?*
Le enseño mi móvil.
—*És que els nostres estan intervenguts* —dice.

Suspiro y me incorporo. Cuando habla por teléfono con un confidente, Iván a veces comenta: «Por el zapatófono no, mejor quedemos». Nunca he sabido si es un juego, si se lo cree de verdad o si existe la posibilidad real de que los periodistas de sucesos tengan el teléfono pinchado. Pero mi padre, ¿por qué iba a tenerlo mi padre?

—*I qui te'ls intervé?* —le sigo la corriente.
—*Els del* PP —responde muy serio—. *No els agraden les coses que public. L'altre dia em varen tancar el blog perquè són uns censors. Estan en contra de la llibertat d'expressió.*

Ya me contó esa teoría. Alguien intentó conectarse a su blog desde Estados Unidos. No pudo, le apareció un mensaje sobre el acceso restringido, se lo comentó a mi padre y él dedujo que las fuerzas del mal (es decir, el capitalismo norteamericano y el Partido Popular) se lo habían censurado. Intenté explicarle que algunas instituciones ponen cortafuegos a páginas consideradas poco seguras, como por ejemplo, los servidores de los blogs. Si quien había intentado conectarse lo hizo desde una universidad, era probable que simplemente se tratara de eso. Pero mi padre ya tenía un relato y le funcionaba. Al cuestionárselo, yo me posicionaba del lado de las fuerzas del mal, porque la derecha liberal me había comido la cabeza.

—Pues sí que estarán entretenidos, escuchando nuestras conversaciones de los domingos por la noche. Ya me dirás. Tendrán un archivo superinteresante sobre lo que hacemos durante la semana. ¡Si casi nunca hablas por teléfono! ¿Para qué iban a intervenírtelo?

—Porque quieren controlarme —susurra.

—Y ahora, ¿por qué hablas tan bajito? ¿Crees que han puesto micrófonos en mi cuarto, donde nunca hay nadie? A ver —levanto la lámpara de mi escritorio—, aquí no veo nada. ¿Puedes alcanzarme ese peluche? Tiene un brillo extraño en los ojos. ¡A lo mejor es una cámara oculta!

—*Quina falta de respecte* —se lamenta mi padre.

—Papaíto, lo siento, pero tus enemigos ni siquiera saben que existes. Para qué van a perder el tiempo controlando precisamente tu blog, de todos los que hay en el mundo. ¿De verdad crees que dedican un solo minuto a leerlo? Encima está escrito en catalán. ¡Como si fueran a esforzarse en aprenderlo! Y si llegaran a hacerlo, si por un casual cayeran en él, le echaran un vistazo y entendieran lo que dice, ¿piensas que les afectaría lo más mínimo? ¿Qué sentido tiene que pinchen los teléfonos de esta casa, cuando no se habla de nada comprometedor y no tenemos ningún poder? No eres tan importante.

—Esta es la estrategia que utilizan para que nos rindamos: hacernos creer que, hagamos lo que hagamos, no sirve para nada.

—¡Es que no sirve para nada, joder! —salto de la cama y paso por delante de él para salir.

—*I ara on vas?* Es imposible hablar contigo.

—¡Es que yo no quería hablar!

—*Ah, molt bé, moltes gràcies.* Mi propia hija, a la que no veo nunca, viene a casa, pero no quiere hablar.

—¡Papá! Has visto todo lo que ha publicado Marcel durante años en el periódico más leído de esta puta isla. Todos los casos de corrupción que ha sacado a la luz. ¿Y ha servido para algo? ¿Ha cambiado algo? Dentro de nada habrá elecciones, y todo seguirá igual, por mucha campaña que hayas hecho desde tu blog, y por muchos artículos que haya publicado Marcel. La corrupción no quita votos. A nadie le molesta. Solo al que está directamente afectado, o ni siquiera. La corrupción es llamativa en los medios, da cuenta de la mierda de democracia que tenemos, de la mierda de clase política que tenemos, de lo podrido que está todo. Y ya está. A todo el mundo se la suda el nuevo caso de especulación o de prevaricación o de su puta madre. A ti te han jodido con el tema del muro, pero eres un hombre solo contra el sistema. ¿Qué piensas hacer? No te hagas el ingenuo. Sabes perfectamente que no eres peligroso para ellos. Les importas un comino. No van a dedicar el más mínimo esfuerzo a neutralizarte. No van a censurar tu blog ni a pincharte el teléfono ni a quitarte de en medio. Porque no hace ninguna falta. La isla se hunde y nosotros nos hundiremos con ella. Asúmelo.

Descuelgo la cazadora del perchero y me la pongo.

—Me da tanta pena que pienses así y seas tan malhablada...

—Sí, papaíto, ya sé que te doy pena. ¡Doy pena desde que nací! —grito antes de salir de casa dando un portazo.

4. El muro

Llegó como siempre sobre las diez de la mañana. El otoño era su época preferida. Las hojas se pudrían en los márgenes del camino por el que traqueteaba nuestra vieja Nissan y las ovejas pastaban entre los almendros. Pendido de los árboles, quedaba un rastro de rocío. Mi padre había apagado la radio porque la antena no captaba ninguna emisora en aquel rincón del mundo y crepitaba al perder la señal, pasado el último pueblo antes de llegar a Son Cors. Bajó la ventanilla, aunque hiciera fresco, para oír el trino de los pájaros tras el ruido del motor.

Repetía aquel trayecto dos o tres veces por semana desde que habíamos heredado la casa. Había creado una rutina por la que aparcaba al lado del cuartucho de aperos, a unos metros de la fachada trasera, se cambiaba (camisa raída, vaqueros gastados, guantes de poda, unas Paredes que tenían mil años) y se ponía a trabajar. Siempre había algo que hacer. Plantar tomates, arrancar rastrojos. Era feliz en aquel silencio de cencerros a lo lejos. De vez en cuando, según soplara el viento, oía las campanas de la iglesia que tañían cada hora. Descubrió que el calentador de la casa funcionaba, y se duchaba bajo un chorro ridículo. Luego volvía a Palma, a tiempo para preparar la comida y comer con mi madre.

Tenía sesenta años y una jubilación entretenida. Ni siquiera llegó a angustiarse al dejar el instituto en el que daba clase, porque enseguida encontró una ocupación que le llenaba tanto como la otra. Entre la restauración de la casa y su blog, iniciaba una nueva vida que no tenía nada que envidiar a la anterior. Había cambiado el mundo a través de la docencia —a pequeña escala, que es el único modo de cambiarlo en realidad— y ahora lo cambiaría de otra manera, haciéndolo habitable en Son Cors y comprometiéndose con él en internet. Quizá pensara en estas cosas o quizá no. Quizá simplemente iba haciendo.

Aquel día que tendría que haber sido un día más, aparcó y, antes de cambiarse, vio algo que le llamó la atención. Ni siquiera llegó a sacar la ropa del maletero. Se dirigió hacia la fachada principal y el horror le invadió al descubrir que su vecino había tapiado sus terrenos.

Un muro de ladrillo gris se erguía a menos de tres metros de la puerta de Son Cors, dificultando el paso de los vehículos por el camino. Era un camino poco transitado —transcurrían días enteros sin que pasara siquiera un tractor—, pero era un camino público, al fin y al cabo. Rematada por un alambre de espinos, aquella tapia que parecía más bien el muro de una cárcel o de un campo de concentración —una frontera— era a todas luces ilegal. Horrible también, pero contra el mal gusto del vecino poco se puede hacer. Estropeaba las vistas desde la casa que, si hasta entonces se asomaba a una llanura de campos arados y antiguas caballerizas, de repente tenía delante un bloque de cemento.

Mi padre se asomó por la puerta de metal reluciente recién instalada. La habían cerrado con tres candados. Todo aquello era ilógico, nadie llegaba hasta ese terruño perdido. ¿A qué venía la necesidad de impedir el paso a ninguna parte? Sabía que el propietario de aquellas *quarterades* ahora amuralladas ni siquiera vivía en Mallorca. ¿Qué se suponía que estaba protegiendo? ¿O solo quería delimitar ostentosamente su territorio? Pero en tal caso, se estaba apropiando de una parte (la que invadía el camino) que no le pertenecía.

—¡Eh! —gritó mi padre a través de la verja—. ¿Hay alguien?

Respondió una leve brisa que meció las gramíneas.

Mi padre recorrió la parcela, buscando en vano otra entrada o una explicación. Estaba solo, como siempre que iba a Son Cors, pero el muro esta vez lo cambiaba todo. Bueno, se dijo, pues si no podía hablar con nadie de forma cordial, tendría que denunciar su construcción. Volvió al coche y dejó para otro día la idea de podar el rosal. Tenía algo más urgente que resolver.

Fue al ayuntamiento de Fenassar y preguntó por urbanismo. Le dijeron que no podrían atenderle antes del jueves. Quiso explicar lo que había pasado, pero la funcionaria —una mujer con los párpados pintados de azul turquesa— insistió en que volviera el jueves. El jueves, a las nueve de la mañana, la misma funcionaria —esta vez se había pintado los ojos de un atrevido verde manzana— le pidió que esperara un momento. Mi padre esperó una hora sentado en un banco de madera, en un pasillo mal iluminado. Entonces llegó el secretario del concejal de urbanismo, un chico que no tendría ni veinticinco años. Le prometió que hablaría con el departamento, a ver qué podían hacer. Anotó el teléfono de mi padre en un post-it que seguramente tiró a la papelera en cuanto él salió del despacho.

Mi padre esperó al martes de la semana siguiente y, al no obtener noticias, telefoneó al ayuntamiento. Reconoció la voz de la funcionaria que le había atendido las veces anteriores. Le dijo que no habría nadie hasta el jueves. Mi padre se sulfuró un poco, exclamó que eso no era serio, ¿es que nadie trabajaba o qué? La mujer le contestó que trabajaban mucho, por eso estaban ocupados y no podían atenderle.

El jueves, mi padre volvió al ayuntamiento. La funcionaria lo miró sin sorpresa. Llevaba los párpados pintados de amarillo. Él esperó en el mismo banco del pasillo. Pero esta vez no llegó ni el joven de la otra vez ni nadie.

Redactó la entrada en su blog aquella misma tarde, explicando lo que había pasado. Envió el enlace a sus contactos por e-mail. Alguien se lo debió comunicar al ayuntamiento de Fenassar, porque al día siguiente mi padre recibió la esperada llamada de urbanismo. Habría elecciones autonómicas al cabo de unos meses y los políticos no podían permitirse ningún escándalo. Valía más arreglar las cosas cuanto antes. La reunión fue cordial pero inútil. El concejal decía que, si el terreno pertenecía al vecino, no podía prohibir el muro. Mi padre le contestaba que aquel era suelo público. Fue al registro catastral, pero las indicaciones, de 1831, eran poco precisas.

En el plano sí aparecía el camino bien dibujado. Mi padre lo fotocopió. Ya tenía una prueba.

Seguía yendo a Son Cors dos o tres veces por semana, y allí seguía el muro, altísimo, burlándose de él. Escribió una segunda entrada explicando que nada había cambiado, que no le hacían caso y que empezaba a sospechar que había gato encerrado. Obtuvo incluso más visitas que el post anterior. En los comentarios, la gente le brindaba su apoyo y aprovechaba para insultar a los dirigentes que vivían de espaldas al ciudadano.

Durante meses, mi padre fue actualizando los progresos (o mejor dicho, la falta de los mismos) en torno al muro. El silencio burocrático lo trastornaba cada vez más, y él respondía con nuevos ataques: en sus investigaciones había descubierto que, para construir una urbanización, era preciso contar con un número mínimo de metros cuadrados. Justo los que tenía la parcela de su vecino desde que había levantado el muro. De ahí que necesitara invadir parte del camino, porque sin esos metros, no tendría suficiente para que el ayuntamiento le otorgara el permiso. La cuestión era: ¿existía algún tipo de connivencia?

Siguió investigando. Su vecino había contratado a uno de los arquitectos más prestigiosos de Mallorca para diseñar la urbanización que pensaba construir. En su blog, mi padre se preguntaba retóricamente: ¿qué intereses podía tener el ayuntamiento en que se levantara una urbanización de lujo donde no había más que tierra, ovejas y algarrobos? Una urbanización que solo era ilegal por unos metros. Unos metros que se le robaban a un camino público por el que, de todos modos, nunca pasaba nadie.

«No podemos permitirlo», comentaba la gente en su blog. «*Qui estima Mallorca no la destrueix!*» Primero denunció a su vecino por haber levantado un muro ilegal. Luego denunció al ayuntamiento de Fenassar por no ordenar que se retirara aquel muro. Estaba cada vez más nervioso y exasperado. Cuanto mayor era el clamor popular, más le ignoraban las instituciones. Escribía en su blog día y noche, textos larguísimos e intrincados, que seguía enviando a todos sus contactos.

Y poco a poco, la cosa fue cambiando. Para mal.

Los mismos que le habían alentado al principio empezaron a derivar esos e-mails a la bandeja de correo no deseado. Mi padre insistía, necesitaba una respuesta. De alguien. Necesitaba detener esa injusticia. Iba a Son Cors cada día. Comprobaba impotente que todo seguía igual. ¿No os dais cuenta de lo que están haciendo? ¿Vamos a permitir que construyan impunemente? Es tan fácil rendirse.

Apelaba a sus contactos, implicándolos en su lucha, que era, según él, la lucha de todos. Nadie contestaba ya, lo que le exasperaba.

Al principio, la interpelación era general: nos habíamos vendido al sistema, éramos unos cobardes, unos acomodaticios egoístas. Luego empezó a personalizar. Insultaba a los periodistas que no habían publicado ni una línea sobre el caso. Insultaba a sus compañeros ecologistas, que cuando las cosas se ponían feas lo dejaban en la estacada. Acusaba a mi madre de laxa y de no gustarle el campo. Me acusaba a mí, por trabajar en un periódico y no hacer nada.

Publicaba aquellas cosas en su blog y recibíamos las actualizaciones por e-mail. Abrir el correo electrónico se volvió una tortura. Yo no temía por la imagen que estaba dando, ni tampoco por su manera de atacarnos en público, ni porque todo fuera desagradable, incómodo y violento. Temía por él. Temía que se arrepintiera cuando la ira dejara de cegarle, y temía que se ofuscara tanto que perdiera definitivamente el mundo de vista. Lo que me daba miedo era perder a mi padre tras aquel descontrol inaudito.

«¡Basta!», le ordené en la única respuesta que le mandé. Dijo que quién era yo para darle órdenes, y menos desde Barcelona, donde lo observaba todo desde una distancia segura, sin implicarme, como había hecho toda mi vida. Estaba fuera de sí y convencido de tener razón. Y la tenía. Toda la razón del mundo. Pero las formas se la quitaban. Aunque, ¿era posible conseguir algo por las buenas? No. ¿Y el fin no justifica los medios? Se fue quedando cada vez más solo.

Un día, decidió tomarse la justicia por su mano. Aquel muro era ilegal. Tenía que acabar con él. Era su obligación de buen ecologista. Había que salvar la tierra. Se metió en la vieja Nissan, arrancó y empotró la furgoneta contra el muro, una vez, dos. Luego fue al cobertizo, cogió una pala y golpeó con ella los ladrillos que quedaban en pie. Algunos los tumbó a patadas. Miró satisfecho su proeza, se duchó y volvió a Palma.

Semanas después, al llegar a Son Cors, vio que habían arrancado las palmeras que plantó, habían cortado el rosal y habían destrozado su huerto. Todas aquellas mañanas que mi padre había dedicado a la casa yacían en el suelo con las ramas rotas y las raíces al aire, a punto de secarse. Recogió aquel desastre y lo cargó en una carretilla. Estaba tan furioso que ni siquiera se puso triste. Era la guerra.

Fue a denunciar a su vecino y, por pura coincidencia, se cruzaron en la puerta de la comisaría; su vecino acababa de denunciarle a él. Al encontrarse cara a cara, se gritaron. Un guardia de seguridad se abalanzó contra mi padre y lo inmovilizó por detrás, arrastrándole escaleras abajo. Le agarraba con tanta fuerza que le dejó los dedos marcados en los bíceps. Mi padre también denunció a aquel guardia de seguridad.

Todo esto mi padre lo escribía en su blog y se lo enviaba a sus contactos, que ya no le hacían caso. Cuantas menos respuestas recibía, mayor era su necesidad de explicarse prolijamente. Si alguien hubiera leído sus textos, habría pensado que rozaban el delirio, de lo sinceros que eran. Pero nadie los leyó. Yo tampoco. Y ahí seguían, ocupando unos bytes en la red y llenando bandejas de spam.

Mi padre se sabía solo. Cuando iba a Son Cors, temía encontrarse con su vecino. En medio de la nada, sin que nadie pudiera verlos ni oírlos, se sentía inseguro. Ignoraba de qué era capaz el otro, que además tenía el apoyo del ayuntamiento y seguramente de alguna mafia. Aunque lo de las mafias, bueno, siempre suena ajeno, como de película. Pero si dejaba de ir a Son Cors, su vecino volvería a levantar el muro, y mi padre tenía que impedírselo. Por eso fichó a Aminata y Ousmane para que lo acompañaran a todas partes. Le constaba que necesitaban trabajo. Habían vivido mucho más de lo que les correspondería por su edad. Quería ayudarlos. Serían sus auxiliares.

Desde entonces —esta mañana lo he comprobado—, mi padre y los senegaleses se han vuelto inseparables. Falta poco para las elecciones, y mi padre va a los plenos para entrevistar a los políticos. A modo de acreditación, se ha impreso una tarjeta con el nombre de su blog, que lleva sujeta a la camisa con un imperdible. Los periodistas le miran mal, como a un intruso. ¿Qué diablos pinta mi padre allí? Y mientras intentan sacar alguna declaración, apelotonados alrededor de los candidatos, le empujan sin reparos para que no pueda hacer preguntas.

Pero nadie le impediría la entrada a un negro. Ningún candidato se negaría a contestar a un negro, cómo vas a echar a un negro de la sala de prensa. Eso sí que sería noticia en todos los medios.

Así que mi padre se queda en la puerta, y tras ensartarles también en la camisa una tarjeta que los acredite, envía a Aminata y Ousmane a que lo graben todo. Son eficientes, no en vano cobran más que yo. Saben lo que tienen que hacer. Entran a la sala, Ousmane con la cámara, Aminata con la grabadora, se sientan en primera fila. Lo registran todo. Luego mi padre edita lo que han grabado y lo cuelga en su blog.

5. Comerse al hijo

Ousmane es muy inteligente. Su madre murió. Su padre lleva unos años viviendo en Mallorca, pero a él no le dan el permiso de residencia. Sin ese permiso, no puede estudiar ni matricularse en un ciclo de formación. Mi padre lo intenta por todos los medios. También critica lo absurdo del proceso burocrático en su blog.

Cuando mi padre no está delante, Ousmane le dice a mi madre:

—*Il a une crise. Mais ne vous inquiétez pas; je vais prendre soin.*

De la vida de Aminata no sabemos nada.

Si mi padre no los hubiera contratado, tal vez ahora Aminata y Ousmane venderían productos de imitación en los bares y en los paseos marítimos, sobre sábanas que recogerían rápidamente para salir corriendo al llegar la policía local. Me los imagino cargados de bisutería y trastos inútiles. Nos interrumpen mientras tomamos una copa y les decimos que no gracias, después de que Iván haya fingido (un rato) que su mercancía nos interesaba.

A uno de sus confidentes lo conoció así. No era subsahariano, sino marroquí. Vendía CD y películas pirata. Iván siempre le compraba algo, tras regatear un rato. Así se ganó su confianza. Era como un juego, un intercambio de favores. En realidad estaba pendiente de la información que podía sacarle. Nuestro piso se había ido llenando de películas malas y la guantera del coche, de música horrible.

En casa también hay un tigre de peluche, antropomorfo, de pie en una tarima, que se activa cuando das palmas. Entonces mueve la cintura mientras suena una música reggae. Fue el regalo de Navidad que le hizo a Iván la asistenta de su padre, más necesaria que nunca desde que él se separó, porque no sabe vivir solo ni llevar la casa. Es ecuatoriana, está reuniendo dinero para traer de Guayaquil a su hijo de ocho años, hace cuatro que no lo ve.

Iván y yo hemos visto este mismo juguete en otras versiones: gatos con sombreros de cowboy, elefantes con rastas, burros con gafas. Los venden esos inmigrantes subsaharianos en los que se podrían haber convertido Aminata y Ousmane. Los muñecos bailarines valen cinco euros. Una fortuna, pienso, para la asistenta ecuatoriana.

Iván me contó que, cuando eran pequeños, su padre iba a la cabalgata de Reyes con un paraguas. Lo abría al revés para que, cuando lanzaran caramelos desde las carrozas, él y su hermana recogieran más que nadie.

—Y de buen rollo —le dije—, ¿no te parece un poco... o sea, como capitalista neoliberal?

Iván abrió mucho los ojos.

—A ver —intenté explicarme—. Se supone que los caramelos son para compartirlos, no para competir con los demás. Compartir: socialismo. Competir: neoliberalismo. ¿No?

—Ya, bueno —se rio atónito—. Pero ¿te parece mal que un padre lo quiera todo para sus hijos?

Esto ocurrió la Navidad pasada. Iván y yo fuimos a Palma. Sus padres acababan de separarse, era la primera vez que no pasarían las fiestas en familia.

Durante la cena, mi padre le soltó:

—Mi hija antes salía con un periodista muy reconocido que ha destapado grandes casos de corrupción, algunos a escala internacional. Ha ganado premios muy prestigiosos. Dime, Iván: ¿qué has hecho tú?

No sé si fue entonces cuando Iván me comentó que le encantaba mirar a mi padre mientras comía. Lo hace sin prisa, poniendo atención a lo que está deglutiendo, lo saborea. Tiene unas manos grandes y bonitas, se lleva el tenedor a la boca con cierta solemnidad. Hay gente que parece no saber lo que come; mi padre es todo lo contrario. «Se nota que disfruta», me comentaba Iván en privado. Es su manera de vivir, contestaba yo. Mi padre lo hace todo con esa misma delectación, el mismo placer.

«¡Voy a comerme una hija!», gritaba cuando yo era una niña. Y entonces me perseguía por toda la casa, y cuando me alcanzaba, me levantaba por encima de su cabeza hasta que tocaba el techo con la mía, y él, con la boca bien abierta, hacía «aaaaam», y me mordía un pie, y yo me reía hasta que me dolía la barriga.

Aunque aspira a la satisfacción total, el padre de Iván no acaba de conseguirla. Siempre quiere más. Más reconocimiento, más poder, más dinero. O eso me parece a mí. Tanto tienes, tanto vales. De repente, tenía la impresión de haberlo perdido todo desde que su mujer se había ido de casa. No entendía nada. Estaba tan desconcertado que ni siquiera era capaz de enfadarse.

Propietario de un concesionario, sabía venderse tan bien como vendía los automóviles que representaba, y había viajado por todo el mundo con un único fin: ganar mucho dinero para su familia. Por eso no encajaba que, ahora, jubilado, cuando se disponía a disfrutar de un merecido descanso rodeado de los suyos, su mujer le abandonara. ¿Era justo? Siempre había sido un buen hombre, responsable y trabajador. Le había dado dos hijos maravillosos, la mayor era una encantadora médico de familia y el pequeño, un caradura de buen corazón destinado a ser el mejor periodista de España. Con apenas treinta años, Iván daba exclusivas sin parar, sus artículos aparecían en portada día sí día también. A su padre le henchía de orgullo poder enseñárselos a sus amigos, este es mi campeón, míralo, aquí está, lo ha vuelto a hacer, es un crac.

«A ver si se te va a meter en un lío», le decían a veces.

Pero él estaba convencido de la profesionalidad de su hijo. Si es que lo llevaba en los genes, joder, estaba hecho para triunfar.

Un día —el día que los conocí, meses antes de que se separaran—, estábamos en el jardín de un restaurante por encima de la Diagonal, rodeados de gente sacada de un laboratorio eugenésico. El padre de Iván comentó que ellos eran pijos, que les gustaba ser pijos, que no había nada de malo en serlo, sino todo lo contrario, detrás había mucho esfuerzo. Y no entendía por qué los pijos están mal vistos, añadía, cuando representan el triunfo del mérito.

Fue un segundo, o incluso menos, pero noté cómo la madre de Iván levantaba una ceja, dispuesta tal vez a contradecirle, a hablarle, no sé, de las trampas que se esconden tras esa aseveración. También puedes hacerte rico gracias a una herencia o por tu falta de escrúpulos: que estés forrado no tiene por qué significar que hayas trabajado duro, parecía estar a punto de replicarle. Interpreté que, para la madre de Iván, había un cierto clasismo gratuito en la explicación de su marido, forzada y fanfarrona, tan fuera de lugar en aquel restaurante como, por otro lado, me sentía yo. Pero al final no dijo nada, y siguió removiendo su cortado.

Sentí que establecíamos una complicidad inmediata. Y también sentí una especie de incongruencia. Por una parte, ella sabía tan bien como yo que, con el tiempo, Iván acabaría convirtiéndose en alguien muy parecido a su marido. Huye, intentaba decirme tal vez con ese brevísimo gesto. Pero, por otra parte, quería que me quedara, que me casara con él; a lo mejor yo sabría salvarle.

Claro que, y yo qué sé.

Aquel año publiqué mi primer libro, que etiquetaron de generacional porque hablaba de los treintañeros con profesiones liberales que vivían en Barcelona y de aquella nostalgia prematura que compartimos, basada en productos enseguida obsoletos, como las cintas de casete o la Gameboy. La novela estaba basada en mis amigos y en mí misma.

Los periodistas no suelen tratar muy en serio a sus compañeros cuando publican libros, porque casi todos los periodistas publican libros y, en fin, los hay francamente malos. A las editoriales eso les da igual: que un periodista publique un libro garantiza que el medio en el que trabaja hablará de ese libro. O bueno, así es en 2007. La falta de papel en prensa empieza a ser un problema (y la falta del papel de la prensa, también). Pero yo cubría muchas cuotas: era chica, era joven (se es joven hasta los cincuenta y cinco), tenía sentido del humor (¿en serio?), no tenía pelos en la lengua (y quién sí), mis personajes follaban y se reían y tomaban pastillas y cerveza, lo criticaba todo con cierta gracia. Y lo más importante: tuve suerte y el libro gustó.

Así que mientras mi padre se iba volviendo loco en Mallorca por culpa de un muro, yo tenía entrevistas en Barcelona en las que hablaba de la frivolidad, el poscinismo y las juergas nocturnas con las que intentábamos olvidarnos de la situación de eterna provisionalidad en la que vivimos, y de cómo preferimos que nos duela la cabeza a causa de la resaca que por darle vueltas a todo, especialmente a nuestra falta de futuro. Nada dura demasiado: ni las relaciones, ni los pisos de alquiler, ni los trabajos. Pero nada nos preocupa demasiado tampoco. O no todavía.

6. El puente

Ni siquiera es un lugar romántico. Las Avenidas, tal vez señoriales en un tiempo que ya no existe, son la arteria principal donde se atascan los coches en filas infinitas durante el día, y por la que pasan muy de vez en cuando al caer la noche, bajo las farolas encendidas. Cruzan el Torrent de Sa Riera, seco casi siempre y convertido en un vertedero poblado por la maleza y las ratas.

No hay muchos metros de altura, pienso inclinándome sobre la barandilla; mis pies casi no tocan la acera. Por eso me sorprende que alguien pueda elegir este sitio para saltar al vacío. Es uno de los pocos puentes que hay en Palma. Y la yonqui a la que quiso salvar mi padre no fue la primera ni será la última que amagó con acabar su vida aquí. Algunos lo consiguieron. ¿Y por qué no lo harán desde su propio piso, o desde una azotea, un lugar más íntimo y más alto, desde el que nadie pueda salvarlos? Leí en algún sitio que los suicidas suelen quitarse los zapatos, a veces también la ropa. Imagino un cuerpo al fondo, roto sobre el hormigón, entre las ortigas, la basura y el olor putrefacto del agua sucia si ha llovido, aunque nunca llueve.

Luego imagino a esa mujer, vestida de blanco no sé por qué. A lo mejor porque la he convertido en un fantasma. En el fantasma de mi padre. No sé si se ha quitado los zapatos. Se encarama al antepecho y él la ve. Llega corriendo, la agarra por detrás, para que no salte. Ella intenta zafarse, él sigue estirando hasta que logra que caiga de espaldas en la acera, la sostiene, y el cuerpo menudo y frágil de la chica se retuerce fiero entre los brazos de mi padre. Entonces él se gira hacia las Avenidas, vacías a esas horas. Las diez, las once de la noche. Ciudad muerta. Grita: ayudadme, que venga alguien. Ella le araña los antebrazos, hace un gesto como si fuera a morderle.

Un hombre que pasa por allí oye los gritos de mi padre y se acerca, a lo mejor cree que mi padre está atacando a la chica, marca un número de teléfono. La chica huele a sudor y a ropa mal secada. Luego dirá que no soporta oír los pensamientos de los demás. Siempre. Todo el rato. Las voces de los otros en su propia cabeza la confunden, porque no puede hacer nada por acallar esos pensamientos ajenos, y la mayoría no le gustan. Son pensamientos terribles, porque la gente piensa cosas terribles.

Ahora en el puente de Es Fortí no hay nadie. Las palmeras se yerguen como testigos mudos sobre la acera. Un semáforo para peatones parpadea. Invento vidas apacibles tras las ventanas de los edificios caros, en alguna centellea la luz de un televisor encendido. Huele a puerto. Un poco. Solo percibimos este olor los que no vivimos en Palma y no estamos acostumbrados. ¿Verían los vecinos lo que ocurrió aquella noche? ¿Oirían los gritos de mi padre? ¿Salió alguno a la terraza a mirar qué pasaba?

Llegó la policía, pero mi padre no se fiaba, seguro que cumplían órdenes del PP, y al PP no le gustan las chicas especiales con tendencias suicidas. Vale, de acuerdo, accedió mi padre por fin, la dejaría en sus manos, siempre y cuando volvieran a verse para comprobar que estaba bien. La chica se había calmado. Lloraba y temblaba. Llegó una ambulancia. Se ocuparon de todo.

Vuelvo a casa. A casa de mis padres. Voy despacio por unas calles que he recorrido tantas veces que las conozco de memoria. Cierro los ojos. Camino un trecho con los ojos cerrados. En línea recta por la acera. No quiero preguntármelo, pero me lo pregunto: ¿por qué estaba mi padre en el puente aquella noche?

De repente se me ocurre que podría chocar con una palmera, o pisar una caca de perro, o a lo mejor alguien ha dejado abierta la tapa de una alcantarilla y me caigo en un agujero, aunque no recuerdo ninguna (claro que, quién las recuerda). A lo mejor me desoriento. Vuelvo a abrir los ojos. No quiero decírmelo, pero me lo digo: al salvar a su fantasma, mi padre se estaba salvando a sí mismo. Por eso al día siguiente quiso que Marcel entrevistara a esa chica, para salvar su voz. Si ella tenía algo que decir, él también.

¿Qué habría pasado si aquella noche mi padre no se la hubiera encontrado en el puente?

De pequeña me regalaron unos *walkie-talkies*, sin reparar en lo absurdo que resultaba el juguete para una hija única. Por las noches, escondida bajo las sábanas, que había convertido en una tienda de campaña en medio de una selva imaginaria, rodeada de peligros, encendía uno de los aparatos (nunca supe si era *walkie* o era *talkie*, creía que cada uno se llamaba una cosa) y captaba voces. Eran las de los radioaficionados, pero entonces yo no sabía qué era un radioaficionado. Casi todos eran hombres y hablaban de temas para mí incomprensibles, un poco inconexos, como si se aburrieran de sus propias conversaciones y las dejaran a medias. Decían: «Qué tal va por ahí». Repetían palabras como Charli, Bravo, Tango, Sierra, Foxtrot, QSO, QAM, despejado.

Se oían mejor en invierno. Voces sin rostro ni una historia. La revista *Interviú* había regalado, unos meses atrás, una cinta de casete con unas supuestas psicofonías, y mis padres la pusieron en la minicadena del salón, para reírnos un poco. Pero a mí, oír a un niño preguntándose «¿qué hago aquí?» a través de unos altavoces no me hizo ninguna gracia. Sí, de acuerdo, mis padres aseguraban que era un montaje, qué jeta tienen, jajaja, menudo timo, y yo fingía que también me parecía muy divertido. Sin embargo, el que el alma de un niño pudiera vagar perdida en la inmensidad de un viejo orfanato reconvertido en quién sabe qué edificio institucional, era aterrador. No porque asustara, sino porque me parecía tristísimo.

Tal vez entonces comprendí que el miedo está íntimamente relacionado con la pena; con la autocompasión, si uno se plantea su propio fin, o con la angustia ajena, cuando por empatía sufrimos al ponernos en la piel del otro. Temernos aquello que nos puede ocurrir, convocamos al objeto de nuestro miedo. Nuestra impotencia es descorazonadora.

Un fantasma está condenado a volver siempre, incapaz de traspasar su espacio, convertido en una cárcel eterna. El reflejo del pasado en un viejo espejo que aún conservamos, o una enfermedad hereditaria, o el castigo implícito que acarrea otro tipo de herencia, como quien aún lleva en la suela de los zapatos la tierra de lo que creyó enterrado y mancha la alfombra y entiende que de todo queda rastro. Las voces. Las voces de quienes fuimos piden que se les haga caso desde el más allá, cuando se las da por muertas. Y el más allá no está en una dimensión desconocida, sino tres años atrás, cuando el periodista aún tenía tribuna en un medio respetado, por ejemplo; o diez años atrás, cuando el profesor formaba a sus alumnos y construía una sociedad más justa; o treinta y pocos años atrás, cuando las consignas de nuestros padres lograron poner fin a una dictadura. No hace tanto. El eco de esas voces resuena todavía en algunos ámbitos, pero se va perdiendo entre el ruido, tanto ruido, y tendrías que gritar, gritas, de hecho, te das cuenta de que te has despertado gritando.

Iván a veces se despierta gritando. Le pregunto: ¿qué soñabas? Nunca se acuerda. Pero sí le queda la sensación, dice, de que sus pesadillas se harán realidad algún día.

7. La desaparición

Algunos objetos llevan tanto tiempo aquí que mis padres ni siquiera los ven, forman parte del paisaje del piso. Las enciclopedias, por ejemplo. Llenan buena parte de las estanterías que recubren las paredes de la sala de estar. Tienen el lomo descolorido. Hay una enciclopedia juvenil que compraron cuando yo empecé el instituto. Hay un atlas que incluye mapas políticos ya inexactos, tradiciones del mundo y densidades de población obsoletas. Pienso en todo el espacio que ganarían si se quitaran estas inútiles enciclopedias de encima. En cómo cambiaría su cosmos.

También tienen libros de psicología, imagino que desactualizados. A saber cuándo fue la última vez que alguien los leyó. Y ahí está Freud, en lo más alto, inalcanzable desde mi metro setenta y desde la psicología misma, que, por más avances que haga, nunca logra matar al padre del todo. Sigmund Freud, creador de la autoficción, se inventó al ser humano y le hizo creer que era real. Le hizo creer que era protagonista, y no solo un figurante. Convirtió a cada ser humano en mito, y así nos mitificamos: egocéntricos, ególatras, egoístas, superegos. Le dijo al ser humano que sus sueños le definían y alguno quiso seguir soñando. Para otros aquella condena es una pesadilla.

Me pongo de puntillas para ver si consigo llegar al libro, pero apenas lo rozo con los dedos. Entonces mi madre pregunta desde el recibidor:

—¿Estás?

—Voy —contesto.

Mi padre acaba de afeitarse, después de que ella se lo haya exigido, si es que quiere venir con nosotras. Coge las llaves del descapotable dorado, y mi madre le dice que ni hablar, que vamos en el Clio y que conduce ella. Nunca le ha gustado ir de copiloto.

En Pollença hay mercado. Paseamos entre tenderetes de quesos, mieles y embutidos. Mi padre, con la grabadora encendida colgada al cuello y la cámara en la mano, comenta que quiere fotografiarlo todo. Una gitana vende bragas. Una artesana, brujitas de cerámica muy feas. Hay verdura fresca en coloridos cajones de plástico y pimientos rojos atados a una sombrilla. Se mezclan los olores de sobrasada, *olives trencades*, hinojo y plátanos. Los paseantes miran, tocan, compran o no. Campesinos vestidos de domingo, turistas con calcetines y sandalias, niños en cochecitos se apretujan en una ordenada algarabía pasando por delante de los vendedores como quien sigue una procesión. Hay tanta gente que al principio no nos sorprende perderle de vista. Se habrá entretenido haciendo fotos. Pero al cabo de un rato, pregunto:

—¿Y papá?

Como es alto, normalmente su cabeza sobresale por

encima de las demás y es fácil localizarle. Hoy no. Miramos alrededor, estirando el cuello, y decidimos apartarnos del tumulto. Nos metemos en una callejuela transversal en la que los restaurantes ya han preparado mesas fuera para comer, con individuales de papel. Es temprano para el horario mediterráneo, pero los guiris comen a la hora en que nosotros tomamos el vermut.

—No puede andar muy lejos —dice mi madre.

Le pido que no se mueva y vuelvo sobre nuestros pasos. Marco el número de mi padre, una voz indica que el teléfono está apagado o fuera de cobertura. Cuando llego hasta mi madre, después de una búsqueda infructuosa, me enseña su móvil y repite lo que ya sé:

—Lo tiene desconectado.

Pensemos en cómo pensaría mi padre. Ese padre que se ha convertido en un turista de su propia vida. Que lo mira todo con los ojos de otro y necesita repasar el mundo, porque tiene la impresión de que hay algo que se le escapa.

Cuando era pequeña, vinimos algunas veces a Pollença porque el socio de mi abuelo belga alquilaba una casa cerca del calvario, en lo más alto de los trescientos sesenta y cinco escalones de piedra flanqueados por cipreses que hay en un extremo del pueblo. Las vistas desde arriba, entre las montañas, son preciosas. Los jardines se hundían bajo parras y buganvilias en las que zumbaban las avispas. Eran tiempos despreocupados, herencia de un pasado que parecía que iba a durar siempre. Así se autoengaña la burguesía, y así es, de hecho, como permanece. Uno a uno, todos irán cayendo, pero su espíritu les sobrevivirá y mantendrá el sistema.

Mi abuelo había presidido una compañía que ya no existe. Ni existe, de hecho, nada de lo que conoció. Pero entonces la vida transcurría en un presente ideal. La guerra, para mi abuelo, era un monstruo de la infancia que desapareció en el fondo de un armario cuando esa infancia acabó, y la única nostalgia se conservaba en los sólidos muebles de la familia. Los mismos que luego trasladaría de Madrid a Mallorca en cuanto se jubiló.

Los nuevos accionistas de la empresa que presidía mi abuelo lo habían despedido. A sus casi cincuenta años, tuvo que buscar un nuevo trabajo. Por suerte o mala suerte, tardaría poco en encontrarlo, y se colocaría como socio de una asesoría financiera. Su socio, un hombre risueño y de ademán rotundo, se llamaba Benito Vasconcelos. Los veranos, Benito Vasconcelos alquilaba aquella casa en Pollença. Tenía un hijo de mi edad, Alejandro, con quien yo jugaba en el jardín, mientras los mayores tomaban un aperitivo en el porche. La felicidad se hallaba en el orden que, desde allí arriba, parecía reinar en las estrechas calles del pueblo a nuestros pies, bajo sus tejados inclinados. El sol brillaba. A lo lejos ladraba un perro. Y eso era todo. Luego volvíamos a Can Meixura, donde también había una calma de ratones y grillos.

Alejandro era un chaval intrépido, descarado y muy guapo que tenía ojos de gato. Recuerdo una de esas tardes de visita. Había otros tres niños, una chica y dos chicos. No sé si eran del pueblo o los hijos de otra pareja amiga de los anfitriones. La niña era la mayor y, como nosotros, tendría unos diez años. Nuestros padres nos habían ordenado salir a que nos diera el aire, porque nos estábamos poniendo pesados. Supongo, no sé. No me acuerdo.

Había llovido, eso sí lo recuerdo. La tierra era barro y, bajo los arbustos, se arrastraban los caracoles.

Alejandro llevaba una pelota de tenis en la mano. Nos la mostró, muy solemne, y dijo:

—Esto es la paz. Quien quiera la paz, tiene que conseguirla. Y el que no esté dispuesto a arriesgarse por ella, es que quiere guerra. Y quien quiera guerra, la tendrá.

Entonces se encaramó a un árbol y dejó la pelota en una rama que había en lo más alto. Los demás lo mirábamos muertos de miedo. Bajó con una rapidez simiesca y al final dio un salto felino. Tenía toda la ropa marrón de haberse restregado en el tronco mojado:

—Venga. ¿Quién empieza?

Yo había subido a muchos árboles, pero eran algarrobos nudosos u olivos chatos. Y aquel pino se erguía sin apenas puntos de apoyo para poner los pies. Su tronco era liso y altísimo. Y estaba húmedo y resbaladizo. Una mala caída y te desnucabas. O como mínimo, te rompías algo. Imaginé que podría morir. Que cualquiera de nosotros podría hacerlo. Imaginé el cuerpo inerte de alguno de nosotros y el drama para nuestros padres. ¿Cómo se lo diríamos? Papá, mamá, salid un momento, ha pasado algo.

—¿Acaso queréis guerra? —nos retaba Alejandro, al ver que dudábamos.

No podía decirle que, si lo intentábamos, fracasábamos y nos partíamos la crisma, el cerebro nos saldría por una oreja, nos quedaríamos con los ojos desorbitados por la sorpresa que nos daría la muerte y los mayores se pondrían muy tristes, sus existencias serían un infierno ya que se sentirían muy culpables por habernos dejado solos y odiarían a Alejandro por ser el incitador de la tragedia. Y no podía decírselo porque empezaba a entender que los niños no piensan esta clase de cosas.

La otra chica fue lista. Era espigada, flaca:

—Pero Yago solo tiene cinco años, *és de mel i sucre* —dijo refiriéndose a su hermano pequeño—. No puede trepar a ese árbol. ¿Significa que no quiere la paz?

Alejandro se acercó al niño y le puso una mano en la cabeza. Respondió:

—Yago no quiere paz. Yago ¡es la paz!

Por un momento temí que también lo subiera a la copa del árbol para que lo bajáramos de ahí. Pero no lo hizo.

Sí. Si tuviera que refugiarse en algún sitio, mi padre lo haría en aquel pasado. En aquel antes-de-todo-lo-que-vendría-después. En aquella paz que era un peligroso juego de niños, mientras los mayores tomaban el aperitivo, ajenos a lo que ocurría en el jardín. O, al menos, mi padre recorrería aquel espacio recordado como quien repasa lo que conoce, para averiguar qué ha cambiado o qué falló, o si había alguna pista en las vistas desde lo alto, o en las escaleras que llevan hasta ese lugar.

—¿Crees que estará en el calvario? —le pregunto a mi madre.

—Puede —contesta en un tono que indica que no tiene ningunas ganas de subir la escalinata. O que no tiene intención de acercarse a la casa que alquilaba el que fuera socio de su padre, Benito Vasconcelos.

—¿Quieres que le esperemos en el coche? —le digo.
Mira la hora. Es casi la una.
—¿Cuándo sale tu vuelo?
—Vamos bien de tiempo.
Vuelve a marcar el número de mi padre. En vano.
—¿Por qué hace esto?
Ese comentario es más mío que suyo, por eso yo adopto su papel:
—A lo mejor se ha quedado sin batería y, como no nos encuentra, nos está esperando allí.
Poco convencida, mi madre admite que puede ser. Por primera vez, me doy cuenta de lo cansada que está. Hasta ahora me había centrado tanto en mi padre que no me había fijado en ella. Ha adelgazado y tiene ojeras. La ropa, de repente, le queda grande. Suspira. Mi madre no es de las que suspiran. Suele ser asertiva y sosegada, optimista, paciente y animada. «Si algo no tiene solución, entonces es que no es un problema», es una de sus consignas. Ahora parece despistada, inquieta porque no sabe dónde se ha metido su marido, y teme que su hija, que tiene que coger un avión dentro de unas horas, se ponga nerviosa. Cuando se trata de mi padre y de volar, pierdo los estribos con facilidad. Soy una histérica y tengo mala leche. Sabe que yo podría estallar en cualquier momento.

Cuando llegamos al aparcamiento, él no está y ella vuelve a suspirar. Hay un bar cerca, y le propongo que tomemos una caña en la terraza mientras esperamos. Tarde o temprano, mi padre tiene que aparecer. Sigue con el móvil desconectado.

—Estará por ahí haciendo fotos —digo cuando ya nos han traído la cerveza y unas chips.

O salvando a yonquis suicidas, pienso. Pero no lo digo.

Ella se lleva el vaso a la boca con una tristeza para mí inédita. Mi madre no suele dejar que sus emociones se vean, pero ahora es una mujer traslúcida, y todo lo que siente palpita bajo su piel.

Pienso en la madre de Iván. En el alivio que ha supuesto para ella separarse. «Parecerá una tontería», comentó cuando la visitamos en el pequeño apartamento que alquiló tras dejar a su marido, «pero lo que más me gusta es poder leer tardes enteras sin que nadie me moleste, comer cualquier cosa a la hora que quiera, o no comer si no tengo hambre; a veces con un poco de fruta y un yogur me basta». Había descubierto que le encanta estar sola y que aún no era demasiado tarde para disfrutarlo. Quería a sus hijos y respetaba a su marido, pero hacía tiempo que el amor se había convertido en otra cosa, más parecida a una carga. Él pensó que su mujer estaba enamorada de otro, pero qué va. Estaba enamorada de la vida sin necesidad de compartirla, de la vida a su manera. Eso decía ella.

Sin ella, él se sentía solo y desamparado. Sin él, ella se sentía libre.

¿Y mi madre? ¿Cómo se sentiría si se separara?

Miro el fondo del vaso antes de planteárselo. A veces uno necesita que sus hijos le digan lo que no se atreve a decirse a sí mismo. Bueno, en realidad no lo sé, porque no tengo hijos, pero creo que es así. A fin de cuentas, mi madre fue quien le propuso a sus propios padres que vendieran Can Meixura, que, como muchos amores, también había pasado de representar la felicidad a convertirse en una carga. Sin ese empujón que ella les dio, mis abuelos nunca habrían dado el paso.

—Sabes que si... —empiezo—. Bueno, que si necesitas tomarte un tiempo, nadie te lo reprochará.

Enarca las cejas:

—¿A qué te refieres?

Tiene que haberme entendido perfectamente, pienso mientras me doy cuenta de lo difícil que es verbalizarlo, por más que nuestra familia esté educada para eso. Puto Freud.

Doy un trago rápido y lo suelto:

—Que ahora mismo papá hace daño a las personas que tiene cerca. Y la persona que está más cerca eres tú. Está insoportable, pero eso no le da derecho a joderte, cuando eres quien más le quiere y aguanta. A lo mejor, si te tomaras un tiempo, reaccionaría. En estos momentos vive ensimismado. Cuando entienda que sus actos tienen consecuencias, no sé, puede que recapacite. Ahora lo destroza todo porque está cabreado. Pero tú no tienes por qué cargar con esto. Y sola, además. Yo vendría unos días de Barcelona... —me hace un gesto como para descartar esa tontería—, pero voy a tope de trabajo. Papá actúa como un niño pequeño. Y los niños pequeños quieren llamar la atención. Si pasas del niño, el niño acaba por cansarse. Quiero decir que, si pasas de él, aunque sea temporal..., todo el mundo lo va a entender.

Noto que he sonado arrogante, pero en fin, ya está dicho.

Mi madre sonríe y me mira como una madre. No. Como una chica enamorada. No. Como una esposa devota. No. Como una psicóloga. No. Como una buena hija. No. Como una mujer sabia. Bueno, como todo eso a la vez.

Y también como si yo no hubiera entendido nada. Nunca. En la vida.

—Cariño —dice—. Es ahora cuando papá más me necesita. Lo está pasando muy mal. ¿Cómo voy a fallarle?

Marcel me hacía preguntas sobre temas en los que no había pensado nunca. Como la vez que quiso saber quién estaba más enamorado de los dos, si mi padre de mi madre o al revés. Sonreí desconcertada, buscando rápidamente una respuesta que en realidad era incapaz de dar. Mi padre es vehemente, apasionado, idealista, sentimental; mi madre, observadora, racional y feliz, si la felicidad está en la plenitud. Se compensan, están compenetrados, encajan, forman un equipo. No podría imaginármelos de otro modo que no fuera juntos. «¿Y cuál de los dos es más inteligente?», insistía Marcel. «Depende, supongo», contestaba yo, consciente de que, para él, esta respuesta no era válida.

Mi padre cree que un mundo mejor es posible. Mi madre cree que antes hay que conciliarse con este. Discuten poco, y siempre por cosas sin importancia. Cuando se conocieron, ella le dijo: «Estaremos juntos el tiempo que tengamos que estar, a lo mejor una semana, a lo mejor tres meses, o un año». Llevan casados treinta y uno, y salvo alguna crisis al principio, no parecía que nada pudiera poner punto y final a todo ese tiempo compartido.

Ahora pasan las dos de la tarde, y sentadas en la terraza del bar junto al coche —poco a poco se han ido llenando las mesas a nuestro alrededor— mi madre habla sobre estos meses. El insomnio de mi padre, sus desapariciones hasta bien entrada la noche, las ansias con las que iba y volvía de poner denuncias, su verborrea.

—Es como si se hubiera perdido y estuviera buscando una salida. Y no se le puede decir nada, porque si le sugieres que vea a alguien, contesta que a quién va a ver, si él es el mejor psicólogo de Mallorca. Y por supuesto que de los psiquiatras no quiere ni oír hablar. Él no está enfermo. ¡No está loco!

En la cabezonería también nos parecemos, mi padre y yo. Y en el orgullo y el convencimiento de que tenemos siempre razón. De que somos los únicos, junto a Marcel, que entendemos la auténtica dimensión del mundo.

Y en la manera peculiar y rabiosa que tenemos de protegernos el uno al otro.

Hacía poco que había aprendido a andar en bicicleta. Pedaleaba por la explanada donde aparcábamos en Can Meixura. Iba cada vez más rápido y me emocioné. No supe esquivar una piedra, y la rueda delantera giró bruscamente hacia la izquierda. Perdí el equilibrio y salí volando. Por poco no me doy de cabeza contra un murete de piedra seca. Mi padre, que lo había visto todo, vino corriendo. Pero no para ayudarme. Le había dado un susto de muerte, tan grande que estaba enfadadísimo conmigo. Cuando lo vi tan cabreado, salí corriendo para que no me alcanzara, aunque me había hecho sangre en una pierna.

Antes de que me lleve al aeropuerto, le digo:

—Papá. Me parece que no estás bien de la cabeza. Tendrías que ver a un profesional.

—¡Qué falta de respeto, llamarle loco a su padre! ¡Tú sí que deberías hacértelo mirar!

—Entonces, si estás en tus cabales, es que eres mala persona.

—¿Cómo?

—Que, una de dos, o te falla algo aquí arriba y por lo tanto deberías ir al médico, o eres un cabrón, porque nadie trataría mal a su mujer si no fuera por culpa de una enajenación mental o por lo otro.

—Yo no trato mal a mamá.

—Le haces daño. A la persona que más te quiere en el mundo. Cada vez que desapareces, o vas a tu bola y desconectas el teléfono, o publicas según qué y lo ve media Mallorca. Estás tan metido en tu lucha que te has olvidado de los demás. No creo que seas mala persona, así que la conclusión es que algo no funciona y, por lo tanto, necesitas ayuda.

Así fue como maté al padre. O por lo menos a una parte de él.

SEGUNDA PARTE

1. El olfato

Ignoro si lo perdió de repente o nunca lo ha tenido. Es uno de los primeros síntomas no motrices del Parkinson, que entonces no sabíamos que padecía, pero a lo mejor la enfermedad no tiene nada que ver. El caso es que mi abuelo belga carece de olfato. No en un sentido figurado, sino físico. Es incapaz de percibir el aroma de un café, las flores que él mismo plantaba en Can Meixura, la hierba mojada por el rocío, el gas si hay un escape.

La anosmia afecta a un dos por ciento de la población, más o menos el mismo porcentaje que la ceguera o la sordera. Pero a diferencia de otras patologías, no se considera una discapacidad. Cuenta con poca literatura médica. Porque, en principio, uno puede llevar una vida normal sin este sentido, el más importante para la mayoría de animales. En los mamíferos, el olfato está directamente relacionado con las funciones de alimentación y defensa. También de apareamiento. El olfato está ligado a la supervivencia.

Al resultarle insípida, mi abuelo determina el estado de la comida por la fecha de caducidad en el envase, el aspecto de lo que vaya a comerse y por el criterio de mi abuela. Mi abuelo come de todo sin manías.

El olfato influye en el estado de ánimo. Su capacidad de evocación es mucho mayor que la de cualquiera de los otros sentidos, más que oír una música familiar o releer algo que te marcó. Más que regresar a un lugar. Hueles un determinado perfume y el pasado vuelve de golpe, casi violentamente. No puedes controlar la regresión.

Por otra parte, es puro instinto. Las feromonas segregan pistas que determinarán el comportamiento de otros seres vivos. Uno se huele algo, sospecha. Percibe el peligro.

Los olores familiares atraen. Los desconocidos te ponen en alerta. Luego están esos que, subconscientemente, hacen que captes el miedo. O los nervios. Provocan tu desconfianza, aunque no sepas por qué.

Tener buen olfato en periodismo significa detectar dónde está la noticia. Un periodista actúa como un sabueso, husmeando, buscando pistas. Antes el periodista tenía que hurgar para encontrar la noticia. Con internet, tiene que quitarse la información de encima. El periodista era el perro que mete el hocico entre los escombros después de un derrumbe para ver si hay víctimas. Ahora está él mismo entre los cascotes, la información le aplasta, le cuesta discernir la que es válida de la que no, antes tendría que salir de ahí y situarse a la distancia adecuada.

Mi abuelo no es periodista, ni un perro. Casi nadie sabe que carece de olfato. Es un hombre que fue rico y ya no, pero sigue actuando como si lo fuera porque no sabría vivir de otra manera. Sin ostentación, pero sin preocuparse. Nunca ha pensado en el futuro, ni tampoco en el pasado, porque, tras el olfato, poco a poco fue perdiendo la memoria. No tiene nada que evocar. Ignora a qué huele el cuello de su mujer, el campo las noches de verano o sus botas de trabajar la tierra. La moqueta tras pasar la aspiradora, el interior de los armarios, la madera recién cortada.

A veces, cuando paso unos días fuera y he dejado el piso cerrado, como este fin de semana que Iván no estaba, al abrir la puerta, detecto un leve olor parecido al de la casa de mis abuelos belgas. No sabría describirlo. Es un olor suave, como el de una caja de nogal que acabaran de pulir, o el interior de un barril.

En lugar de tranquilizarme por resultar familiar, eso me inquieta. Si bien uno de los primeros síntomas del Parkinson es perder el olfato, la enfermedad huele, dicen, a almizcle y a madera rancia. Lo descubrió una mujer llamada Joy Milne. Quince años antes de que su marido muriera, y diez antes de que le diagnosticaran la enfermedad, ella notó que su olor corporal había cambiado. Al principio creía que se trataba del sudor, pero luego se dio cuenta de que ese olor se concentraba en la espalda y la parte posterior del cuello. Allí es donde la actividad de las glándulas sebáceas es mayor. Incluso cuando su marido no estaba, ese perfume se quedaba impregnado en los muebles de la casa.

Una vez íbamos en coche e Iván se detuvo ante un prado inmenso, en la ladera de una montaña. Bajamos y nos llenamos los pulmones de aire. Dijo:

—Huele a ti.

Volvió a decírmelo algunas noches cuando, abrazados en posición cuchara, incrustaba su nariz en mi pelo.

Dicen que el del Parkinson es un olor acre, como de hongos, pero mi abuelo siempre huele bien. A *aftershave*. De pequeña, trepaba a su regazo para que me leyera cuentos de Teo y *Ernest et Célestine*. Ernest y Célestine eran un oso y una ratita pintados a la acuarela, muy amigos —tienen una relación como de padre adoptivo e hija adoptada—, cuyas historias, no sé por qué, despertaban en mí una especie de melancolía prematura. El oso pelaba patatas en bata, y la ratita llevaba un pijama de cuerpo entero, los ojos hinchados de sueño. Desayunaban o paseaban por la nieve o se hacían fotos de estudio, o extraviaban un muñeco, un pato. Si veo uno de aquellos dibujos, aún hoy, lloro.

Todo a mi alrededor me parecía tan frágil como aquellos dibujos.

El oso Ernest, en el cuento, nunca recupera al pato de peluche que perdieron. Compra otro idéntico y engaña a la ratita Célestine. Le hace creer que es el mismo, y ella no se da cuenta del cambio. Sentada sobre las rodillas de Didi en la mecedora, encajada en su cuerpo de abuelo, pensaba que esa historia era triste e injusta. El pato iba desapareciendo por culpa de las inclemencias climáticas y el paso del tiempo mientras, en su casa, Célestine se conformaba con un sustituto. Si hubiera sabido que aquel pato no era el suyo, habría seguido buscándolo y tal vez lo habría encontrado.

¿O aquella historia no era así y la memoria me hace trampas?

Mi abuelo es un hombre biempensante y bien pensado, con mucha imaginación y un bigote. No se olió, ni por un momento, en qué lío le metería su socio.

Junto a la cama donde estaban los cuerpos, la policía encontró una carta en la que Benito Vasconcelos alegaba que los graves problemas económicos lo habían llevado a matar a su familia, porque no quería dejarla en la ruina. Y acusaba a un promotor inmobiliario, fundador de un emporio de la construcción, de deberle dos mil millones de pesetas. Entre todos, le debían más de cinco mil millones, decía. Pero a los demás no los nombró en esa carta.

La casa estaba ordenada. Ni siquiera quedaba un rastro del desayuno en la cocina, un vaso con los restos del zumo de naranja por fregar en la encimera, nada estaba fuera de su sitio. La vida, aquella mañana, se acabó antes de hacer acto de presencia. Y si llegó a despertarse, si el olor del café y las tostadas llenó la planta baja en algún momento, la asistenta lo recogió todo, presta, dejando impoluto el escenario por donde solían moverse aquellos personajes que lo habitaron y ya solo eran carne en proceso de descomposición.

Las crónicas de lo que ocurrió son detalladas. A las siete y media de la mañana, según declaró la propia asistenta, Benito Vasconcelos le pidió que llamara al colegio en el que Alejandro estudiaba tercero de BUP para comunicarles que aquel día no iría clase. También le pidió que llamara a su despacho para excusar su ausencia. Ella así lo hizo, y luego estuvo trabajando en los quehaceres de la casa. Hasta que, unas tres horas más tarde, cuando se proponía limpiar la habitación del matrimonio, abrió la puerta y se encontró los tres cadáveres sobre la cama, llena de sangre. Los de la madre y el hijo estaban bajo las sábanas; el del padre, tendido encima. La asistenta no había oído los disparos. Dos para Alejandro (uno que le perforó el cráneo a la altura de la ceja y otro en el cuello), uno para la mujer en la frente y otro en la propia sien de Benito Vasconcelos.

Los investigadores encontraron cuatro casquillos de bala de calibre 6,35 y dos pistolas, una Star y una Browning. Benito Vasconcelos no tenía licencia de armas, pero sí una tercera pistola que no utilizó. Eran pequeñas, el sonido de la detonación no fue muy fuerte, seguramente por eso la asistenta no había oído nada. La hipótesis que barajó la policía es que Benito Vasconcelos había disparado a su mujer y a su hijo a la vez, con un arma en cada mano. El tiro de Alejandro, con una temblorosa izquierda, no fue certero y tuvo que volver a apretar el gatillo.

Pero lo que me preguntaba yo al leer aquellas informaciones, a escondidas de mis padres, consciente de que no querían que husmeara en un asunto tan sucio (era menor, acababa de cumplir dieciséis años, aquel hombre había sido el socio de mi abuelo y yo había conocido a su familia en aquella casa que alquilaban en Pollença), lo que no encajaba narrativamente de ninguna de las maneras era: ¿cómo convenció Benito Vasconcelos a Alejandro para que se metiera en la cama con su madre? Si a las siete y media de la mañana ya se había levantado para ir al colegio (donde nunca llegó a ir), si la asistenta ya estaba ordenando su cuarto a esa hora, como ella misma declaró, ¿qué le debió de decir su padre a Alejandro para que se metiera bajo las sábanas del matrimonio?

Luego intentaba imaginar qué sintieron madre e hijo al entender —¿tuvieron tiempo?— cuáles eran las intenciones de ese hombre al que habían confiado sus vidas, toda la vida. Al ver las pistolas —¿y dónde las escondería él hasta el momento en el que les apuntó?, ¿y cómo las había adquirido?—, qué clase de pánico les paralizó para que no hicieran ningún ademán de gritar o de huir. ¿O acaso estaban dormidos? Pero si lo estaban —sin duda lo estaban, tenían que estarlo, si no, quién es capaz de disparar contra su propia familia—, ¿por qué esa noche durmieron juntos? ¿O acaso madre e hijo llevaban horas muertos?

Por eso la asistenta no oyó nada. Porque solo sonó el último disparo.

Compraba todos los periódicos de camino al instituto. Los leía antes de la primera clase, en el pasillo que daba al claustro donde los alumnos mayores fumaban. Fui averiguando cosas. Por ejemplo, que dos días antes, Benito Vasconcelos había visitado su propio panteón, el primero que se erigió en un selecto cementerio privado tapizado de césped por el que pagó siete millones de pesetas. Las obras se habían iniciado tres meses atrás, y allí yacían ahora sus cuerpos, pensaba yo, bajo sendas losas de granito.

Al sellar con silicona el ataúd de Alejandro, en la capilla del camposanto, jóvenes de mi edad, compañeros suyos del colegio que acudían al entierro, rompieron a llorar, y una chica se desmayó. Algunos llevaban el uniforme puesto. Otros habían optado por una ropa más sport, cazadoras tejanas, sudaderas, vaqueros, deportivas. Yo levantaba la mirada del periódico y observaba a mis compañeros, vestidos por el estilo, que llegaban con ojos legañosos, la mochila a la espalda, y me saludaban con un leve cabeceo.

—¿Aún estás con esta historia? —me preguntaba Dani.

Dani era un heavy hijo de diplomático que odiaba a los pijos, pero no tenía más remedio que coincidir con ellos de vez en cuando. Íbamos juntos a clase, pero no por mucho tiempo, porque a su padre lo enviaban de aquí para allá y él nunca podía hacer amigos duraderos. Estaba impaciente por cumplir dieciocho años y quedarse fijo en un sitio. Mientras tanto, su gran triunfo era lograr que le matricularan en centros públicos, para no tener que mezclarse con una gente que le repugnaba.

Se sentaba en el banco del pasillo a mi lado, con las piernas abiertas, antes de que sonara el timbre que anunciaba el inicio de las clases, y leía unas líneas del artículo que tuviera delante.

—Joder, tía, eres una morbosa.

Dani quería casarse conmigo. Decía que lo decía muy en serio. Llevaba una melena larga hasta los hombros, gafas de pasta y era muy peludo. Tenía pelos hasta en la espalda. Se había liado con la mitad de las chicas de la clase, pero conmigo no tenía nada que hacer; aunque me grabara cintas de Manowar, Iron Maiden y Megadeth, y a primera hora quisiera enseñarme lo que es una *trempera matinera* agarrándome una mano y poniéndola sobre su paquete por encima del pantalón, sin que los profesores nos vieran.

—Te adoro, Dani, ya lo sabes.

—Entonces dame un beso.

—Ni de coña.

Me quitaba los periódicos, forcejeábamos un poco. Al final le dejaba hacer.

—Óyeme bien, flaca —sentenciaba—. Este tío era un nuevo rico gilipollas, cabronazo como pocos. Si eres una sabandija así, mejor quítate de en medio, porque no haces más que joder. Era un miserable, un mierdas, por mucho panteón familiar que se hubiera agenciado en el cementerio más asquerosamente esnob de Madrid. Estaba fatal de la azotea. Pero es que además era un hijo de la gran puta, ¿vale? Así que no te martirices. Tu abuelo no tiene nada que ver. Tu abuelo es buena gente, y este imbécil lo engañó como engañó a todo dios. Ni a ti ni a mí, ni a nadie de los nuestros, nos va a pasar nada parecido, porque nuestros padres no son unos psicópatas. ¿Entendido?

—No seas clasista.

—¿Cómo?

—Eso de «nuevo rico» es clasista.

—Te amo, chiquilla.

Pero seguía habiendo algo que no encajaba. ¿Era una casualidad que Benito Vasconcelos hubiera visitado su propia tumba dos días antes de matar a su familia? ¿Se le ocurrió acabar con todo en aquella visita? ¿O la hizo para comprobar que el lugar ya estaba listo? A lo mejor quería controlar que estuviera preparado hasta el último detalle.

Las indicaciones a la asistenta aquella mañana. La carta que dejó redactada junto a la cama. Todas las que aparecerían después. Esperar a que mi abuelo se jubilara. Quizá fuera eso lo que más me atormentaba. Una pregunta que mi padre había hecho la misma noche que nos enteramos de la noticia frente a la tele. Una pregunta lógica, sin maldad, y que me tuvo horas dando vueltas en la cama muchas madrugadas, incapaz de pegar ojo: «¿Crees que ha esperado a que se instalaran en Mallorca?».

Si era verdad que Benito Vasconcelos lo había supervisado todo, ¿cómo no iba a tener en cuenta la situación de su socio? Por otra parte, si Dani estaba en lo cierto y Benito Vasconcelos no era más que un mezquino egoísta, no se habría acordado de mi abuelo ni por un segundo.

En los días siguientes salió la noticia de que, además de la carta que dejó junto a la cama, Benito Vasconcelos había enviado otra al juez de delitos monetarios. En ella confesaba la actividad ilegal que había llevado a cabo como *banquero* de una serie de inversores: estos le entregaban dinero negro, que Vasconcelos prestaba a varios empresarios que necesitaban financiación.

Los empresarios no le habían devuelto esos préstamos, lo que había provocado un agujero que superaba los cinco mil millones de pesetas y su ruina, al no poder cumplir con los que le confiaron el dinero. «El único culpable soy yo y nadie más», concluía en su carta. Aquellas inversiones opacas se canalizaban a través de la empresa de Vasconcelos. La misma en la que había trabajado mi abuelo. La que estaba ubicada en una céntrica calle de Madrid. La del ascensor de madera. En la que yo había estado un par de años atrás.

Por eso fue terrible preguntarse: ¿era posible que mi abuelo no supiera nada de aquel asunto? ¿Cómo logró engañarle su propio socio? ¿Y durante cuánto tiempo lo hizo?

—Va, tía —insistía Dani con el periódico en las manos—, ¡si mintió a su propia familia! Si aquí pone que el tal Alejandro estaba superfeliz porque le iban a regalar una moto y un pastor alemán. Y acabó con dos tiros en la cabeza que le metió su padre. A ese hombre se lo cargó la mentira que él mismo había construido; lo jodido es que se llevó por delante a una pobre gente que no tenía la culpa de nada.

«Esto es la paz», repetía Alejandro en mi memoria, enseñándonos aquella pelota de tenis. Era solo un niño. Un niño de mi edad. «Quien no quiera la paz, tendrá guerra.»

«El único culpable soy yo y nadie más», decía Vasconcelos en la carta, según un artículo. Pero entonces, ¿por qué nombraba a uno de los empresarios que le debían dinero, remarcando que no podría devolverle los dos mil millones? ¿Por qué redactó tantas cartas, entre otras, la que se encontró junto a los cadáveres y la que envió al señor juez? ¿Por qué necesitaba que todo quedara claro? ¿Acaso así se redimía, confesando sus pecados, tanto los ya cometidos como los que estaba a punto de cometer? ¿Tal vez, al dejar por escrito lo que planeaba hacer, se impedía a sí mismo dar marcha atrás?

Esta última pregunta también me quitaba el sueño: dar testimonio de lo que aún no ha ocurrido para forzar que ocurra.

Otros artículos indicaban que Benito Vasconcelos poseía un Porsche, dos Mercedes, un todoterreno y tres motos de gran cilindrada. Alejandro solía conducir esas motos, aunque fuera menor de edad y no tuviera carnet.

En la caja fuerte se encontraron dos millones y medio de pesetas, once mil francos franceses, mil quinientos cruceiros, dos mil trescientos ochenta francos suizos, trece mil cien yenes, catorce mil libras turcas, doce mil trescientos nueve dólares, mil quinientas cinco libras esterlinas, noventa mil cuarenta y cinco liras, setecientos setenta marcos, noventa y un dólares de Singapur y dos mil ciento diez dírhams, doscientos dólares canadienses y una cartilla a nombre de su mujer, con un saldo de setecientas ochenta mil setecientas cincuenta pesetas.

Pero él no quería dejar a su familia en la ruina. Por eso los mató. Escribió.

La muerte siempre salpica, decía Dani. Y al poco tiempo, aquel crimen destapó uno de los casos de corrupción más sonados de los años noventa, y puso fin al primer gran pelotazo de la transición. Habría muchos más, y los implicados aprenderían muy rápido qué tenían que hacer y decir para salir impunes. Pero entonces aún se movían con torpeza, superados por una situación que nunca vieron venir.

A menudo me he preguntado: de haber sido un estafador diez años más tarde, y no en 1993, ¿habría actuado Benito Vasconcelos del modo en que lo hizo? Ahora que la corrupción está a la orden del día, ya no avergüenza a nadie. Nadie se siente tan desesperado como para acabar con toda su familia y suicidarse.

¿O no fue solo la desesperación económica lo que provocó el desastre?

Pocos días después del crimen, una columnista se preguntaba por qué aquel tema había ocupado la portada de todos los periódicos, cuando normalmente los dramas de ese calibre apenas merecían un breve en la página de sucesos. La columnista atribuía la diferencia de tratamiento mediático a la clase social del asesino y las víctimas. Benito Vasconcelos era rico, y la mayoría de hombres que matan a sus mujeres e hijos no lo son, aventuraba. Pero olvidaba algo: la cantidad de información y contactos que mueve y oculta, junto con el dinero, alguien como Benito Vasconcelos.

Mi abuelo fue llamado a declarar. Viajó a Madrid varias veces, durante años. En casa, nunca se habló de lo ocurrido y yo nunca me atreví a preguntar. Ya se sobreentendía por qué iba a Madrid. No sé cómo, descubrí lo que declaró. Declaró lo mismo que todos. Lo que declaran todavía los que salen por televisión en los juicios, y están imputados, o acusados, o son testigos.

A las preguntas que le hicieron, mi abuelo contestó que no lo sabía o no se acordaba.

Poco después, le diagnosticaron Parkinson. Un alzhéimer habría sido más literario. Pero no alteraré la realidad con un buen eximente.

¿Es hereditario el Parkinson? ¿Podría confundirse el sutil aroma de una caja recién pulida con el de los hongos o la madera podrida? Es decir, si el perfume de mi casa me recuerda al de la casa de mis abuelos, ¿significa que también tengo la enfermedad?

2. El fantasma

Cuando mi abuelo iba a Madrid a declarar, mi abuela se quedaba sola en Can Meixura. El viejo caserón estaba en medio de una nada de algarrobos, higueras y almendros, hectáreas de tierra arada, al que era casi imposible llegar si no conocías el camino. Los vecinos más próximos se encontraban a medio kilómetro, y Mamie solo contaba con la compañía de la perra Dalma, aquejada de vejez y de gordura, la televisión francesa, a través de una antena parabólica, y las cartas con las que jugaba al solitario.

Salvo una noche, nunca tuvo miedo.

Había huido de los alemanes cuando era niña. A ella y sus hermanos los despertaron de madrugada para que se metieran silenciosamente en los coches. En el suyo iban nueve personas, ella encajada entre los pies de los mayores. Cuando los bombarderos cruzaban el cielo, paraban y saltaban todos al arcén de la carretera, donde se acurrucaban, tapándose la cabeza con los brazos. Dice que era exactamente como en las películas, y a veces ha dudado si no lo recuerda así porque lo ha visto mil veces en la ficción. Pero no, lo del orinal no sale en las películas.

Ni cómo se aguantaba el pipí, encogida entre las piernas de sus hermanos, para no tener que utilizarlo. Ni tampoco se transmiten los olores, cada vez que se cubrían, olores de tierra y de pedo, porque estaban cagados en sentido figurado, pero casi también fisiológicamente, ni tampoco las ganas de llegar al sur de Francia, donde se refugiarían en casa de unos conocidos.

Todo el miedo que podía tener, mi abuela ya lo había tenido. Estar sola en una casa en el campo no le asustaba, y menos si era donde vivía desde hacía años, en Can Meixura. Aquella noche, acababa de apagar la tele y esperaba a que las brasas de la chimenea se extinguieran, mientras jugaba una partida de cartas sobre una bandeja de madera que se había puesto en las rodillas, cuando le pareció oír algo. Unas voces. Fuera, en el porche. Se ajustó el audífono, que había adaptado al volumen del televisor, y miró el reloj de pared que ella misma había hecho en cerámica, con dos pájaros grabados. Marcaba la una. Dalma dormitaba en su alfombrilla de lana. Una polilla danzaba alrededor de la única lámpara encendida. Durante unos minutos, eso fue todo. El tictac del reloj, los golpes de la mariposa contra la pantalla, el ronquido de la perra, el susurro de la chimenea.

Entonces volvió a oírlo. Primero pensó que era como el grito de un pastor guiando a sus ovejas. Ueeeee, ieeeeee. Pero los pastores no salen a esas horas. Luego le pareció un lamento. Como si alguien pidiera auxilio. Alguien que sufriera. Mi abuela se quedó muy quieta, rígida en la butaca. Y lo oyó de nuevo. Esta vez el alarido fue claro. Decía: «Un hombre».

Sintió cómo se le helaba la sangre. La piel se separó unos milímetros de su carne. Con un gesto rápido, apagó la luz para que no pudieran verla desde fuera. Que no supieran que estaba sola. A oscuras, aún con la bandeja en las rodillas, oyó otra vez: «Un hombre». ¿Qué significaba aquello? ¿Por qué un hombre? ¿Quién gritaba? ¿Y ella qué podía hacer? ¿Llamar a mis padres? Sabía que mi padre se va tarde a dormir, como ella, como mi abuelo. A lo mejor aún lo encontraría despierto. Pero ¿cómo podría ayudarla, a sesenta kilómetros de distancia? ¿Y qué le diría? ¿«Alguien está gritando en el porche»? Lo mismo si llamaba a la policía. Le parecía ridículo molestar por una tontería así.

Bueno, pero es que en nuestra familia siempre nos ha parecido todo demasiado ridículo como para molestar a nadie.

Mi abuela susurró el nombre de Dalma. Necesitaba sentir su pelo ralo y su respiración bajo la palma de la mano. Pero estaba ya tan chocha que la perra ni se inmutó. Mi abuela hizo un segundo intento, sin atreverse a levantar la voz. Nada. Le pareció que el tictac del reloj se descompasaba y sonaba tan fuerte que incluso percibía su eco en las paredes. Soy una mujer de sesenta y tres años, pensaba. Hay alguien afuera que grita, pero de momento no ha intentado entrar. Y lo que grita no tiene sentido. «Un hombre.» ¿Pide ayuda? ¿Reclama a un hombre? ¿Proclama que lo es? En cualquier caso, será un loco. Pero ¿cómo ha llegado hasta aquí?

Mi abuela se lo imagina sentado en el banco de piedra bajo la parra, blandiendo una botella de vino y gritándole al cielo, a la eternidad o a Dios. A lo mejor le está diciendo que no es más que eso, un simple mortal. Y está tan borracho que ni siquiera ha pensado que en la casa vive alguien. Tampoco le importa. Está desorientado. Bebe y grita.

Mi abuela recoge las cartas. Deja la bandeja apoyada en uno de los laterales de la butaca y se acerca sigilosamente a la ventana. La suela de sus zapatillas se desliza sobre el suelo de terracota. Un hombre solo. Un hombre perdido. Un hombre borracho. No puede ser peligroso. Inclina la cabeza hacia el cristal y entrecierra los ojos para ver si divisa algo a través de las persianas mallorquinas. La bombilla sobre la puerta que deja encendida todas las noches ilumina el porche. Tendría que apagarla. Se queda un rato así. No ve a nadie.

Apaga la luz exterior. Se lava los dientes. Se mete en la cama.

—¿No crees que igual era un gato? —le preguntó mi madre al día siguiente por teléfono.
—¿Un gato?
—Una gata en celo. Cuando maúllan hacen algo así como, bueno, un sonido que podría confundirse con los lloros de un bebé. Con una voz humana. Y a lo mejor, si tenías el audífono mal ajustado...
—¡Claro! ¡Un gato!
—No sé. Si hacía: «Uumeeeeu», tú entenderías: «Un hombreeee».
—¡Qué tonta soy!

Cuando en casa dije que quería estudiar periodismo —muy rápido, porque si hablas rápido parece que estás entusiasmada, y si lo estaba no pondrían pegas por el hecho de que tuviera que mudarme a Barcelona—, mi padre se levantó de la mesa sin decir nada. Acabábamos de comer, creo que era sábado. Se dirigió hacia la gran estantería de la sala, en la que los libros llevan allí tanto tiempo que ya ni siquiera los ven, y no tardó en encontrar el que estaba buscando, como si lo hubiera tenido localizado desde siempre, esperando una ocasión así. O como si supiera que ese momento iba a llegar, tarde o temprano. Era un libro medio viejo de tapas blandas, sin ninguna imagen en la cubierta, solo el título y el nombre de la autora. Estaba cerca de las obras completas de Freud. Lo cogió y me lo trajo mientras decía, lleno de orgullo:

—Serás la nueva Oriana Fallaci.

El libro, que empecé a leer esa noche, era *Un hombre*.

Mi padre pregunta:

¿Y si lo difícil no fuera crear inteligencia, sino impedir su extinción?

En los juicios, mi abuelo demostró que no sabía nada, y durante un tiempo dejaron de llamarlo. Ya no tendría que viajar a Madrid. Parecía que todo volvía a la normalidad. Volvía a ser un jubilado que había decidido retirarse en la isla.

Como nunca hablamos de aquel tema, incluso nos hicimos la ilusión de que nada había pasado. O de que todo había pasado ya.

Entonces apareció el fantasma.

¿Qué es un fantasma? El lamento de un espíritu que reclama la presencia de un hombre. Unos pasos que se arrastran en el piso de abajo, mientras todos duermen, zapatillas con suelas de piel sobre suelos de terracota.

Me estremezco bajo un edredón que apesta a humedad, en Can Meixura. Tengo la nariz fría. En el mundo de las tinieblas, donde los objetos pierden su nombre, no es necesaria la luz. Por eso sé que quien se mueve en el piso de abajo no puede ser un fantasma: la luz trepa por la escalera y se filtra por las rendijas de la puerta vieja de mi cuarto, que a veces cruje y me despierta.

Es mi abuelo quien camina y se extravía en una casa que muy pronto dejará de ser nuestra. Cuando mañana le pregunte por su insomnio, me dirá que le duelen las piernas. Que tiene el mal de las piernas inquietas. «*L'humidité*», dirá. Y yo le creeré. Por eso camina mientras el tictac del reloj de pared va dando las horas que saludan a los muertos.

A veces mi abuelo se queda absorto. Entonces te preguntas no qué estará mirando, sino qué ve. Y dónde.

Mañana es Navidad. Por eso mis padres y yo estamos en Can Meixura. ¿En qué año? ¿2003? ¿2004? A los que comparten lecho con la muerte les despierta el miedo, aburrido mientras todos duermen. Por eso los viejos, de madrugada, pretenden recuperar un tiempo que se les escapa. Arrastran los pies sin ir en realidad a ninguna parte, dando vueltas al eje de lo que fueron o lo que les queda. Entretienen al miedo cuando la muerte duerme.

La culpa es el dolor de la memoria. Puede concentrarse en un solo punto, y ser agudo y perforar, o puede ser aparatoso y aplastar. Me pregunto qué tipo de culpa arrastra mi abuelo en el piso de abajo. Vacila, se detiene.

La vergüenza es descubrir de pronto que no se ha sentido antes el peso de la memoria.

«El único culpable soy yo y nadie más», dejó escrito Benito Vasconcelos.

Por fin, mi abuelo apaga la luz. Si consultara la hora, sabría que son casi las cinco. No hay oscuridad más densa que la de diciembre en esta casa antes del alba.

Cada mañana ara el campo con el tractor; ella hace figuras de cerámica, relojes de pared, pinta baldosas y las cuece en un gran horno que hay en su taller, detrás de la cocina. Miran cómo se pone el sol desde el porche o juegan a cartas. Apenas se hablan. Creíamos que era porque estaba todo dicho.

Mi abuelo ha permanecido muchos años callado. Y nadie preguntó. Para qué. Él y mi abuela hablaban en inglés delante de sus hijas, cuando eran niñas, para que no les entendieran. Ellas se acostumbraron a no escuchar, por educación, por imposición, por respeto. El mejor cómplice de los secretos suele ser la anécdota. Eso es lo único que ha salido de la boca de mi abuelo. Anécdotas relatadas como cuentos. Por eso lo adoro desde pequeña. Por los cuentos que me cuenta.

¿A quién pertenecen las casas? Se diría que a quienes las compraron, a quienes las habitaron, a quienes las llamaron, aun sin utilizar ese nombre, hogar.

A veces, para hacerme una idea de lo que es la muerte, pienso en el tiempo anterior a mi nacimiento. Evidentemente no recuerdo nada. Resulta tan sencillo que podría dar miedo, pero lo que asusta es que ni siquiera asusta. No es. No era. Yo tampoco. Ya está.

No hay memoria. Ni culpa.

Pero ellos sí que estaban. Y poco después de que yo naciera, mis abuelos compraron este lugar, donde la Nochebuena de 2003 o 2004 me acurruco bajo un edredón, y el lugar estaba entonces vacío, apenas cuatro muros, paja en el suelo y un altillo doblado por el peso de la palomina. Para mí esta casa siempre ha tenido baldosas pintadas por mi abuela, cortinas de cuerda para que no entren las moscas y una chimenea que crepita durante el invierno. Aquí me traían mis padres cada fin de semana, daba largos paseos con Dalma, a pie o en bicicleta, me subía a los árboles, jugábamos al Scrabble en la mesa enorme del comedor.

Nunca he dudado que esta casa fuera nuestra.

En las películas, los fantasmas se arrastran entre las paredes que los vieron crecer, que les permitieron vivir, como si así pudieran mantener la esperanza, tal vez la fantasía, de que siguen guardando cierto control sobre el lado de acá. «Esta casa nos pertenece», gimen los espíritus para asustar o advertir a los nuevos inquilinos.

Benito Vasconcelos jamás pisó estos suelos de terracota. Nunca vio el palomar lleno de mierda, ni las baldosas pintadas por mi abuela, ni sus figuras de cerámica. No permitió que la isla lo apresara porque solo pasó en ella los veranos, en Pollença. Nunca oyó el susurro de los algarrobos en septiembre, los golpes desesperados, rotundos, suicidas, de las moscas contra la ventana. No tuvo que cubrirse con este edredón que apesta, ni le dolieron las piernas por culpa de la humedad.

Y sin embargo, ahora su fantasma se pasea por el piso de abajo, cuando mi abuelo tal vez ha conciliado ya el sueño o disimula. Cuando la oscuridad engulle incluso el silencio, el frío, la cordura.

3. El pasado

La historia, aunque lo complicara todo, fue muy simple.

La asesoría financiera de Benito Vasconcelos contaba con una decena de trabajadores. Cuando él murió, la empresa se declaró en quiebra y todos acabaron en la calle. Nadie denunció, salvo una mujer que recordaba que mi abuelo había sido un hombre rico. No lo era desde que los nuevos accionistas de su propia compañía familiar echaron a los fundadores, incluido a él. Entonces mi abuelo tenía cincuenta años, y enseguida conoció a Benito Vasconcelos, con quien se asoció.

Aquella trabajadora ignoraba estas circunstancias o le importaban poco. Había ido a la misma clase que mi madre en el Liceo Francés de Madrid y a lo mejor la envidiaba, pero no lo sé. Mi madre ni siquiera la recuerda. Raquel qué más. Su nombre le suena vagamente. «¿Una morena un poco caballuna?», preguntó. Mi abuelo dijo que no, que más bien rubia y más bien guapa, aunque tal vez se tiñera el pelo. «Pues ni idea», respondió mi madre negando con la cabeza, el día que hablaron de ella.

Mi abuelo, que había dirigido antes una importante empresa familiar, debía de contar, forzosamente, con un buen capital. Eso pensaba la trabajadora. Creía que todo seguía igual que en su memoria.

Vamos a imaginar que la trabajadora, Raquel, siempre tuvo aquella supuesta envidia hacia mi madre. Imaginemos que en el colegio hablara mal de mi madre con sus amigas, maldita mosquita muerta, son las peores, tendríamos que ir al lavabo de chicos, seguro que está ahí haciendo vete a saber qué a la hora del recreo. Qué va, a mí me han dicho que se lo monta con el profe de ciencias. Pues qué asco, pero si es un viejo. Es la única en clase que tiene los ojos azules. Los ojos azules son del diablo. No lo parece, nadie lo diría, pero en realidad es mala. El otro día me dijo que me alejara de ti porque eres una pésima influencia. ¿En serio? ¡Menuda perra, dando lecciones de moral! Pásame el piti, anda. ¿Sus padres no son austríacos? Suizos, creo. Nazis seguro. Por eso tienen tanto dinero, porque se lo robaron todo a los judíos. Dame una calada. ¿Habéis estado en su casa? Nadie ha estado en su casa, ¡si no tiene ni una amiga! ¡Solo amiguitos que revolotean como moscones a su alrededor! Los moscones de la mosquita muerta. No, pero en serio, ese pelo rubio suyo es tan soso. El diablo es rubio también. Son las peores. Las que parece que nunca hayan roto un plato. Uf, me pone negra. Negra me pone, de verdad. ¿Y os habéis fijado en cómo habla? Así, en voz baja, como si susurrara. ¿Se cree erótica o qué? ¿Erótica qué es? Pues puta, ¿eres boba? Es asquerosamente correcta. Las peores, ya te digo.

Debió de ser extraño para Raquel trabajar con el padre de esa mosquita muerta, veinte años después. ¿Y la fichó mi abuelo o ya trabajaba con Benito Vasconcelos? Imaginemos que la contratara mi abuelo. ¿Comentaría ella en la entrevista que había ido a clase con mi madre? «Sí, Marianne y yo éramos buenas amigas.» La confianza siempre da puntos. «Le teníamos un poquitín de envidia porque sacaba sobresalientes y volvía locos a todos los chicos», sonreiría. Un plus por sinceridad y simpatía. «Pero luego era tan maja, y tan buena niña, que no se lo tenías en cuenta.» Sobre todo, peloteo; más o menos velado, pero siempre peloteo.

Establecería así cierta proximidad con mi abuelo, su jefe, el señor Ernaux, «llámeme Georges». Tal vez Raquel siguiera pensando que ella merecía tener más de lo que tenía, un cargo más importante, un sueldo más elevado, o un marido mejor. Enseguida supo que a Marianne le iban muy bien las cosas, como siempre: se había casado, vivía en Mallorca y era madre de una niña. Mallorca. Quién viviera en Mallorca, pensaba Raquel. Seguro que allí la vida no era de verdad, ni tampoco los problemas. Si ella viviera en Mallorca, iría cada día a la playa.

Ahora imaginemos la envidia como motor existencial. También lo podría ser el afán de que se hiciera justicia. Raquel codicia lo que tiene mi madre, quiere ser como ella, y ha encontrado la manera de acercarse a su mundo. O ha llegado por casualidad; la cuestión es que ahí está. Con una diferencia: a mi madre se lo dieron todo hecho y ella se lo tiene que currar. Los orígenes de cada una determinarán sus destinos.

La empresa va de perlas, asegura Benito Vasconcelos, pero podría ir aún mejor. Oiga, Raquel, ¿qué le parecería formar parte de ella? Podría obtener un muy buen beneficio. Es la manera de que su dinero no se pudra en el banco. Lo invierte aquí y ya verá cómo crece su capital. Usted forma parte de este proyecto, es una de las personas más importantes del equipo, sería una pena que no sacara ningún provecho, es uno de los nuestros. Benito Vasconcelos sabe seducir. Tiene ese ademán por el que todo resulta fácil, no quiere complicaciones, «nos vamos a hacer de oro, Raquel, esta empresa es como el rey Midas».

¿Por qué no?, se pregunta ella. Benito Vasconcelos ha hecho presidente de la empresa al señor Ernaux. Es un cargo más simbólico que otra cosa, muestra de ese desprendimiento gratuito que exhibe a la menor ocasión. Raquel le consulta si cree que debería arriesgarse. El señor Ernaux abre los ojos como platos. ¿Arriesgarse? Eso implicaría que hay algún peligro. Y no lo hay. Él mismo ha invertido seis millones de pesetas.

Primero ella pone cien mil, parte de lo que heredó de sus padres, toda una vida trabajando como bestias. Enseguida se multiplican. Funciona. Se anima. Es como un juego. «Uno de los nuestros», le ha dicho el señor Vasconcelos.

Oyó voces en el recibidor. El señor Vasconcelos, grandote y moreno, hablaba con una euforia desmedida, casi postiza: «Pero ¡qué sorpresa! Y tú, ¡qué mayor estás!». La trabajadora dejó de teclear y escuchó. También detectó la voz del señor Ernaux, ese acento afrancesado que la ponía tan nerviosa porque le recordaba al de sus profesores del Liceo, que le exigían que repitiera las neutras y las úes, y sobre todo las erres, porque nunca le salían bien. «Tienes un *accento* demasiado *agressivo*», le reprochaba la de Lengua, y enseguida con desdén: «demasiado *espagnol*».

Desde su pequeño despacho, adyacente al de sus compañeros, Raquel también capta la voz suave de una mujer y otra de niña, más aguda.

—Pero no os quedéis ahí —está diciendo el señor Vasconcelos—. Vamos a enseñarles nuestro palacio de torturas, ¿no, Georges?

Nunca ha pronunciado bien su nombre. Marca las ges como si fueran ches, Chorch, «demasiado español», piensa Raquel. Oye cómo se acercan los cuatro por el pasillo, mientras el anfitrión va enumerando innecesariamente lo que, de todos modos, está a la vista.

—Pero fijaos en esto, mirad, asomaos —el chasquido de una ventana al abrirse—. Tenemos la calle Génova a nuestros pies. No me digáis que no es una maravilla. Mirad, y justo enfrente, la sede del PP. ¡Hola, hola! ¡Jajaja! A ver qué hacen cuando gobiernen. Porque estos gobiernan como que me llamo Benito.

Chasquido de la ventana al cerrarse.

—Ahora os presentaré a nuestros esclavos —dice el señor Vasconcelos antes de soltar otra carcajada—. Es broma, están muy mimados. No creo que nadie cobre tanto como ellos en todo Madrid.

Sus cuatro figuras se recortan en la puerta, Raquel las ve por el rabillo del ojo y tarda un poco en levantar la mirada del teclado, como si la hubieran pillado muy concentrada en el trabajo.

—Aquí tenemos a la mujer más importante de nuestras vidas, después de nuestras esposas, ¿eh, Chorch? Sin ella, estaríamos muertos.

Entonces Raquel la ve. Es Marianne. Sigue igual que cuando coincidieron en el Liceo, con el pelo un poco más oscuro, tal vez. Raquel se levanta mientras musita un «no exagere, Benito...». Y enseguida se da cuenta de que ella no la ha reconocido. Marianne le tiende la mano mientras dice «encantada», y luego le presenta a su hija, una preadolescente con *brackets* en los dientes.

El señor Ernaux podría comentar que Raquel y Marianne se conocen del colegio, ¿no?, piensa Raquel. Pero quizá porque le parece fuera de lugar, o porque no recuerda que ella se lo comentó el día de la entrevista de trabajo, tal vez porque no le da ninguna importancia, el señor Ernaux no dice nada. Raquel también podría decir algo, qué alegría, Marianne, cuánto tiempo, ¿sigues en contacto con alguien del Liceo? Y realizar juntas un breve ejercicio de nostalgia, reírse un poco de algún maestro. Pero nada. En realidad, le ofende que no la haya reconocido.

—No la entretenemos más —dice el señor Vasconcelos—. Sigamos con nuestra visita guiada. Qué, peque, ¿te gusta el despacho de tu abu? ¡Aquí vivimos como reyes! Te voy a hacer unos cuantos regalos. Mira, coge este pisapapeles. Pesa, ¿eh? Quédatelo. ¿Escribes cartas?

La preadolescente asiente con la cabeza, mientras su madre le pone una mano en el hombro y desaparecen por el pasillo.

Dos años después, un miércoles de mayo, en 1993, la mitad de los trabajadores de la gestoría tomaban café de máquina mientras fumaban nerviosamente. Los demás ni siquiera se habían acercado a la oficina, abatidos por la noticia.

—Nos vamos a la mierda —dijo uno de los contables, apoyado contra la pared.

Raquel se mordía la uña del dedo pulgar.

—Aún no lo sabemos, no seas cenizo —contestaba una secretaria sentada en el canto de una mesa.

Alguien abrió la ventana para airear el ambiente. Los coches rugían en la calle. Hacía calor.

—Alguna indemnización tiene que caernos, ¿no? —aventuraba otra chica.

—¡No seas ingenua! —replicaba el cenizo—. El tío se ha volado la cabeza. Ha matado a su familia. ¡Estaba sin blanca, hostias!

—Ya, pero yo tengo dos críos y llevo seis años trabajando aquí...

—Y yo llevo diez, y tengo tres niñas. Y qué. Nos vamos a la mierda, te digo.

—¡Pero es que no es justo!

—¿Podéis parar ya? —les interrumpía la secretaria.

Tenía los ojos enrojecidos de haber llorado. No era la única. Se habían enterado de lo sucedido la noche anterior. El señor Vasconcelos no había ido a trabajar, algo que se repetía a menudo en los últimos meses. Pensaron que tendría reuniones, o estaría de viaje, cualquier cosa. Cualquier cosa menos lo que pasó. Ni por un momento se les ocurrió que...

—Es que no me lo creo —decía la madre de los dos críos.

No había pegado ojo. Se había pasado la noche mirando a sus hijos mientras dormían, intentando imaginarse a su jefe convertido en un monstruo. ¿Cómo había podido? Sí, tenía que reconocer que, cuando eran más pequeños, más de una vez había fantaseado con tirarlos por la ventana cuando llevaban horas llorando histéricos y no lograba calmarlos entre sus brazos; en otra versión, los ahogaba en la bañera para que se callaran. Eran pensamientos fugaces de loca, que sabía que nunca llevaría a cabo, solo flashes que podía controlar. Pero cargarse a su familia a tiros. Eso habían dicho en el telediario. A tiros. Con pistolas.

—Estas cosas pasan —respondió Raquel.

Parecía drogada. Eso pensó la madre de los dos críos. Que Raquel se había tomado algo. A lo mejor un tranquilizante. O más de uno. De hecho, lo raro es que no estuvieran todos drogados hasta las cejas.

Raquel había sido la mano derecha del señor Vasconcelos. Era la que había contestado al teléfono la mañana anterior. La asistenta del señor Vasconcelos le comunicó que no iría al despacho y ella respondió «bien», colgó y el resto del día transcurrió como si nada. Hasta que vieron las noticias por la noche. Entonces supieron que ese día anodino nunca se les borraría de la memoria.

—Supongo que ahora vendrá la policía, ¿no? —dijo un joven, el último que se había incorporado a la empresa.

—¿La policía? —preguntó la secretaria.

Nadie había caído en ello.

—Obvio. Querrán ver sus cuentas, sus papeles, sus archivos. Digo yo.

De repente, se escampa entre ellos un aire tóxico, mezcla de sospecha y de miedo. ¿Acaso saben algo que no saben que saben? ¿Podrían haber intuido de algún modo lo que pasaría? ¿Existía la menor pista entre todos esos documentos que tenían almacenados? ¿Alguno de ellos estaba en el ajo?

Raquel también tiene dos hijos, mayores que los de la otra mujer; los suyos han cumplido diez y doce años. Esta mañana le ha costado llevarlos al colegio. No quería separarse de ellos.

—¿Qué vamos a hacer? —murmura la chica.
—¡Qué vamos a hacer de qué! —responde Raquel.
Está tensa.
—Sin trabajo, quiero decir.
El contable se enciende otro cigarro.

La empresa quebró tras haber entrado en concurso. El gobierno de la sociedad correspondía a un consejo de administración cuyo consejero delegado era Vasconcelos, quien tenía plenos poderes. En los juicios, los demás miembros del consejo demostraron que les había ocultado información. Quizá supieran que entraba algo de dinero negro. Pero en cualquier caso desconocían que ese dinero, igual que el declarado, no se estaba destinando íntegramente a inversiones bursátiles, sino que una parte sustancial se prestaba a un gran empresario dedicado a la construcción a cambio de intereses más altos.

Mi abuelo salió indemne de responsabilidades como consejero. Como socio, perdió todo el patrimonio que había invertido en la sociedad de valores. El problema era que Raquel había invertido en aquella empresa todo lo que había heredado de sus padres, fiándose de Vasconcelos y Ernaux, que la animaron a hacerlo. ¿Era justo perderlo, junto con su trabajo? ¿Todos los ahorros de su familia? No, bajo ningún concepto. Mi abuelo no se iría de rositas, pensaba ella. Tal vez había convencido a los jueces de su inocencia, pero en cualquier caso tenía una responsabilidad moral. ¿Acaso nunca vio aquellas bolsas llenas de dinero que salían de la oficina? ¿Nunca se interesó por su destino? Y si no preguntó, si de verdad nunca las vio, ¿no era un inepto, incapaz de presidir una empresa como aquella?

Raquel se acordaba de ese regalo envenenado del señor Vasconcelos, si es que no lo eran todos los suyos, él, que fingía hacerlo todo tan fácil. Sabía que el cargo había sido simbólico, porque Benito Vasconcelos jugaba a los negocios como quien juega al Monopoly. Pero ella podría reclamar responsabilidades; al fin y al cabo, ser el presidente de una empresa no era ninguna broma. Y aunque mi abuelo se hubiera jubilado, en el momento en el que ocurrió todo aún lo era.

Raquel les había confiado, tanto a él como a Vasconcelos, el resultado de todos los años de trabajo de sus padres, unos ahorros conseguidos con muchísimo esfuerzo. Ella misma se había volcado al máximo en aquella gestora. ¿Y ahora iba a perderlo todo por culpa de unos incompetentes que la habían engatusado? Ni de coña, le decía a su marido. Los Ernaux están forrados. A él tanto le da, claro, seguro que lo que ha perdido es poquísimo, en comparación con lo que tiene. Pone cara de no haber roto nunca un plato y se queda tan ancho. De tal palo, tal astilla; su hija era igual, una mosquita muerta. Pero si creen que me voy a quedar de brazos cruzados, están muy equivocados. Tengo que luchar por lo que es nuestro, nuestros hijos merecen ir a las mejores universidades, que para eso me lo he currado. Y mis padres también se lo curraron para que yo tuviera una buena herencia. Que lo hemos perdido todo, cariño, ¡todo! Y eso, por fiarme de los jefes. ¿Me vas a decir que Georges no sabía nada? ¿Nada de nada? Que yo me hice socia porque ellos me lo dijeron, hostias. Y ya ves, también en esto hay clases. Pero se va a enterar. A mí no me joden la vida. Ni la mía ni la de todos nosotros. Tengo que recuperar mi dinero, *nuestro* dinero. Yo solo hice lo que se me pidió, y mira cómo me lo pagan. Esto no va a quedar así.

Todo esto son suposiciones. Es imposible ser ecuánime cuando la sombra de Raquel ha planeado sobre mi familia todo este tiempo. La culpa que mi abuelo arrastró tantas madrugadas en Can Meixura, aunque luego atribuyera su insomnio al mal de las piernas inquietas, venía motivada, tal vez, por el hecho de no haber sido lo suficientemente rotundo con Benito Vasconcelos.

—No tiene ningún sentido que siga siendo el presidente de esta empresa, si ni siquiera viviré en Madrid.

—¡Chorradas, Chorch! Tú siempre serás el presidente de esta joya que hemos construido juntos. Ahora no me hagas cambiar el papeleo, que la burocracia es de pobres, no me jodas. Considérate presidente honorífico. Te echaron de tu propia empresa, pero nadie te quitará el cargo de nuestro humilde emporio. No importa si estás en Mallorca, en Bélgica o donde sea. Esta gestora y yo siempre te llevaremos en el corazón.

Raquel le puso una demanda civil por negligencia, alegando que, al jubilarse en la isla, mi abuelo se había desentendido de la empresa que presidía. Además, amenazaba con nuevas acusaciones. Y quién sabe si en realidad él sabía y callaba. La culpa le perseguiría hasta la muerte.

Mi madre le dio una solución. Ni él ni mi abuela se habrían atrevido siquiera a planteárselo. Pero, propuesta por su hija, la idea sonaba razonable: «¿Por qué no vendéis la casa? Y de lo que saquéis, la mitad para Raquel, a ver si nos deja en paz de una vez». Total, no les quedaba nada más. «Y Can Meixura está muy lejos de todo», insistía mi madre, «con tu enfermedad, necesitarás cuidados, no podéis estar tan aislados, buscaremos algo cerca de Palma, una planta baja con jardín o algo así».

La única propiedad que tenía mi abuelo era aquella casa de campo que compró al nacer yo, y a la que se había ido a vivir cuando se jubiló.

Así pues, ¿a quién pertenecen las casas?

Siempre siempre, al pasado y sus fantasmas.

4. El Belga Absorto

Hubo un libro. Se publicó poco después de que ocurriera todo. Lo escribieron los periodistas que siguieron el caso de Benito Vasconcelos. En realidad, se publicaron varios. Salió a la luz todo el entramado de corrupciones alrededor de su empresa y sus consecuencias. Didi solo aparecía en uno de ellos. Sus autores lo llamaban el Belga Absorto, dándole un aire mafioso muy sensacionalista, poco acorde a la realidad. Con ese nombre, te imaginas a un hombre misterioso de marcado acento, abrigo impecable, que siempre llevara sombrero, o algo así. Un extranjero. ¿No había un ladrón de arte con un alias similar? ¿Erik el Belga?

Vi un ejemplar de aquel libro en Can Meixura. No tuve tiempo de leerlo, porque desapareció y nunca averigüé qué decía ni hasta qué punto implicaba a mi abuelo en los negocios turbios de su socio. Luego supe que mi abuelo había comprado todos los que encontró en Mallorca y los quemó con los rastrojos en el campo.

Busco aquel libro. Es fácil adquirirlo en internet. De segunda mano, en perfecto estado, según el anuncio. Da algunas respuestas. Por ejemplo, cuenta que Benito Vasconcelos introdujo una gran cantidad de somníferos en la bebida de su mujer y su hijo durante la cena. Lo tenía todo planeado desde hacía tiempo, pero no se decidió a acabar con ellos casi hasta el último momento. De hecho, en una de las múltiples cartas manuscritas que encontraron en el chalet, fechada una semana antes, ponía: «Había pensado inclusive en quitarle la vida a mi mujer y a mi hijo, pero ellos no tienen la culpa de nada. Si pueden, que alguien los ayude en no sé qué, en vender cosas, en asesoramiento».

Benito Vasconcelos llevaba días sin salir de casa. Estaba atormentado, escribía sin parar. Por ejemplo, a un accionista: «Sé positivamente que fuiste tú quien dijo que me he llevado el dinero a Suiza. Lamento esta opinión de mí, puesto que para que tú y tu gente cobrarais he tenido que empeñar mis joyas. Mi situación es desesperante, horrorosa, ruin. Estoy totalmente destrozado, arruinado, sin fuerzas para seguir, y créeme que sin una peseta. Todo lo que pudiera tener, lo he ido poniendo para los clientes».

El libro reproduce, íntegras, muchas de las cartas, incluida la que le envió al juez.

Aquella noche también escribió, folios y folios, explicando lo mismo una vez tras otra, atribuyéndose toda la culpa, cada vez más prolijo, la letra torcida, invadiendo los márgenes, no podía más, lo habían arruinado, él se había dejado arruinar, no tenía escapatoria. Se justificaba, porque escribir siempre es una manera de justificarse. Se convencía a sí mismo porque su relato tenía sentido.

Hacia las cuatro de la madrugada, fue a buscar a Álex a su habitación. Según el libro, lo cogió en brazos. No sé cuánto pesa un adolescente de dieciséis años y metro ochenta. Lo metió en la cama de matrimonio, en la que su mujer estaba profundamente dormida. Los tapó a ambos con el edredón. Y les disparó.

Continuó escribiendo. O no. O quién sabe qué hizo hasta que llegó la asistenta. Le pidió que llamara al colegio de Álex para decir que no acudiría a clase, que también llamara a su oficina para comunicarles que no iría a trabajar. Volvió a su cuarto. Y ya.

Consulto en el índice onomástico cuántas veces se menciona a mi abuelo. Comprobar que son pocas es un alivio. La crónica de uno de sus juicios está escrita con muy mala leche: «Georges Ernaux se desvinculaba de los negocios hasta el punto de que, en el curso de su declaración, más que un ejecutivo parecía un personaje extraño, víctima de algún conjuro, sometido a la voluntad de Vasconcelos».

El Belga Absorto. Quien conozca a mi abuelo sabe que tiene un rictus pensativo, abstraído, como si estuviera viendo algo que nadie más ve. Ni siquiera cuando nos hacíamos aquellas fotos de familia miraba al objetivo. Quien no lo conozca podría creer que se hace el tonto, o incluso que lo es, un inocentón del que es fácil aprovecharse porque no tiene maldad. O al revés, un estratega tan malo que en su aparente torpeza radica paradójicamente su pericia. Pero lo más cómico de aquel libro es que aseguraba que, con esta historia, se ponía fin a la era del pelotazo. Cuando, de hecho, aquel fue solo el principio de un sistema que no se acaba nunca.

Para firmar la venta de la casa, mi abuelo no tuvo que desplazarse a Madrid. No habría podido. La trabajadora mandó a su marido en representación suya a Mallorca para cobrar la deuda.

Mi abuelo llegó encorvado, sosteniéndose con una mano en el brazo de mi madre y con la otra en un bastón cuya empuñadura era una cabeza de lebrel. Tenía esa pose entre infantil y enfadada que tuvo los últimos años, como si se resistiera a aceptar que lo único que entendía es que ya no entendía nada.

Reconocer es volver a conocer a quien ya conoces. Y para mi abuelo, a ratos, todos éramos desconocidos. Pero ¿no lo había sido él también para nosotros? Desconocer, dejar de conocer a alguien. Deshacer ese conocimiento. Ignorar algo.

Claro que dudamos. Por supuesto que dudamos. Cuando supimos que su socio había movido tanto dinero a través de la empresa que tenían juntos, evidentemente nos preguntamos si él podía estar implicado.

—¿Te acuerdas de *La caja de música*? —preguntó mi madre aquel mediodía que esperábamos a que mi padre reapareciera en Pollença, cuando nos dejó plantadas en el mercadillo.

Habíamos visto juntas la película de Costa-Gavras en el cine, poco después de que se estrenara en 1990, y antes de que una noticia en el telediario cambiara el rumbo de nuestra familia. Un inmigrante húngaro en Estados Unidos está acusado de haber sido un criminal de guerra nazi. Su hija se ocupa de la defensa, convencida de que es inocente. Ella lo conoce mejor que nadie. ¿Cómo no va a conocer a su propio padre?

—Desde que ocurrió todo, he pensado muchas veces

en esa película. Me siento como Jessica Lange —decía mi madre mientras le daba vueltas a la copa de cerveza entre los dedos.

«Desde que ocurrió todo» es un eufemismo. Como también lo es «cuando lo de Benito Vasconcelos». Son las dos únicas referencias para hablar de aquello. Aquello. Otro eufemismo.

—Una cree saber quién es su padre. No lo sabe todo, claro, pero más o menos podría hacer un retrato bastante acertado; intuye qué clase de cosas sería capaz de hacer y cuáles son imposibles. Se imagina qué tipo de persona es, si reservado, aventurero, buena gente, manipulador, pesetero, generoso... Esas cosas se saben, ¿no? Esas cosas se notan. Y de repente, él deja de ser él. No hablo de su enfermedad, que también lo ha transformado. Hablo de la duda. De que todo lo que dabas por sentado deja de ser una certeza. ¿Y Mamie? ¿Cómo habrá aguantado todo este tiempo sin hacerse preguntas?

—¡Pero papá tampoco es papá! —exclamé yo.

Mi madre se mordía los labios, con la vista extraviada:

—No es lo mismo. Lo de papá es como la senilidad de Didi; tiene que ver con no estar bien, es algo involuntario. Una alteración química en el organismo, qué se yo, un mal momento. No es que *sea* así, sino que ahora *está* así. A mí me aterroriza pensar que mi padre, tu querido Didi, pudiera tener una doble vida. Sé que no, racionalmente sé que es improbable. Imposible. Pero la sombra, aunque fuera puntual y él la disipara, hace que te plantees muchas cosas.

He encontrado un artículo en internet. Habla de la demencia de tipo frontal. Dice que el síndrome se caracteriza por alteraciones de la personalidad y el comportamiento. «Los pacientes afectados desarrollan conductas socialmente inaceptables», explica, «demandan gratificación inmediata, no tienen en cuenta las normas sociales y no se ven limitados por miedo al castigo o a las sanciones sociales, perdiendo el control sobre su propia capacidad de tomar decisiones».

¿No responde mi padre a esta descripción? Comprar cosas compulsivamente, tirar el muro del vecino, hacer lo que le da la gana sin temer las consecuencias. «La mayoría de estos pacientes no reconocen estos cambios y niegan que tengan algún problema», sigue el artículo, «la apatía se presenta en muchos casos y puede ser difícil diferenciarla de un cuadro depresivo». Por lo menos esto último no está pasando. Al contrario, mi padre está eufórico, más hiperactivo que nunca.

«A pesar de estar considerada como el tercer tipo de demencia más frecuente, no ha alcanzado la relevancia social que parece corresponderle, dado que el particular patrón clínico que presenta es muy distinto de los demás. La enfermedad suele comenzar antes de los sesenta años —la edad de mi padre—, y lo hace de forma imprecisa. El promedio de duración fluctúa entre dos y más de diez años. El curso del proceso es progresivo y la muerte sobreviene, como media, ocho años después de las primeras manifestaciones.»

Esta última frase me golpea. Si le pasa algo, me muero, pienso. Pero espera, internet es un expendedor de mentiras, y además podría tratarse de cualquier otra cosa.

«Los principales síntomas son: embotamiento emocional, pérdida de conciencia del propio yo, cambios en la conducta sexual, ingesta compulsiva de alimentos, conducta estereotipada y perseverativa.» ¿Qué diablos significa «conducta estereotipada y perseverativa»? Mi padre no es compulsivo comiendo, lo hace con el mismo deleite de siempre. Pero el artículo añade que también puede darse un descontrol de los impulsos y un descuido personal, lo que imagino que incluye ir despeinado y con la camisa desabrochada hasta el ombligo. «El cambio de la personalidad es una de las descripciones más comunes en un paciente con lesión frontal.» Si mi padre se encuentra entre ellos, se volverá hostil, con mal carácter, susceptible, agresivo, grosero.

¿Debería comentarle a mi madre este descubrimiento? ¿No será añadir más leña al fuego? Ella siempre dice que preocuparse es ocuparse antes de tiempo, *pre-ocuparse*. Seguramente ya sabe que existe este tipo de demencia y me lo oculta para que no me angustie. Si lo que intenta es protegerme, será cruel por mi parte demostrarle que no lo ha conseguido por culpa de Google. Puedo intuir cómo sería la conversación que tendríamos:

—Mamá, acabo de leer un artículo. ¿Crees que papá podría tener una demencia de tipo frontal?

—Bueno, no lo sabemos porque no quiere ir al psicólogo, pero no, no lo creo. Está nervioso, han pasado muchas cosas y hay mil motivos por los que podría encontrarse así.

—Pero los síntomas coinciden.

—Los síntomas son pistas que llevan a causas diferentes. Por ejemplo, puedes estornudar porque estás resfriada, porque tienes alergia o porque has mirado al sol. La fiebre es un síntoma de infección, pero también de insolación o abstinencia.

—Ya, pero en el artículo pone que la demencia frontal es frecuente. Y hay un montón de comentarios de personas que describen a familiares suyos que de repente empezaron a hacer cosas raras. Creían que tenían un trastorno bipolar, pero no. El diagnóstico acabó siendo demencia de tipo frontal.

Aquí mi madre suspiraría. Diría:

—Pues esperemos que papá no esté entre ellos. Que haya mucha gente que tenga una enfermedad no implica que todo el mundo vaya a tenerla.

Tengo tanto miedo. No soy capaz de hablar de esto con mi madre, ni siquiera de pensarlo. No quiero que sea una posibilidad. Y si lo verbalizo, si articulo la información y la pronuncio, la haré real. Necesito que desaparezca.

¿Queremos saberlo todo de nuestros padres? Y ellos, ¿quieren saberlo todo de sus hijos? Es evidente que no. Entonces, ¿por qué reclamamos saberlo todo de la persona que comparte nuestra vida?

5. La venta

Esto lo descubriré años más tarde. La única persona con la que mi madre podría haber hablado de lo que le está pasando es esa persona a la que se lo confía todo, con la que lo habla todo. Es decir: mi padre. Él no acepta que está actuando de un modo extraño, porque es el mundo el que le ataca, y solo puede defenderse. También de mí y de mi madre que, según su punto de vista, cuestionamos su actitud. Ella le contaría a su mejor amigo: mira lo que le ocurre a mi marido. Debatirían durante horas sobre cómo tratarlo. Pero su mejor amigo y su marido son el mismo hombre. Ella le diría: cariño, sé lo que te atormenta, entiendo que reacciones así, estoy aquí, contigo. No puede porque él no acepta consejos, porque él no es él.

Y esta es la peor tortura para mi madre que, ahora, en 2007, todavía desconozco. No solo no tener a quién contarle lo que siente, porque nunca ha confiado en nadie más, sino necesitar contárselo más que nunca. Es lo más difícil que le ha tocado superar en la vida. Y está sola, aun sin estarlo.

En el despacho, con la calefacción encendida, estaban el marido de la trabajadora acompañado de su abogada, mi madre, mi abuelo, su abogado y, tras una mesa enorme de roble, el notario con los papeles preparados para la división de bienes. El marido de la trabajadora evitaba mirar a mi abuelo. Hablaba muy rápido, como si quisiera acabar cuanto antes. Estaba visiblemente incómodo, sentado en el borde de la silla.

El notario, un chico de hombros estrechos que a mi madre le pareció muy joven, se dispuso a leer la escritura. Era una mañana lluviosa de marzo, año 2006, un día cualquiera que no le cambia la vida a casi nadie, si es que la vida no cambia siempre, a cada instante. Mi abuelo atiende; ha envejecido muy rápido y, pese al diagnóstico, la enfermedad no ha mermado todavía sus facultades mentales. Él sí observa al marido de la trabajadora; sin rencor ni desprecio, solo con curiosidad. Es un tipo como tantos otros ha conocido, piensa, lleva un jersey beige de la marca Burberry y los puños de una camisa blanca sobresalen bajo sus mangas unos centímetros. En una ha detectado una levísima mancha de café.

Mi abuelo se acuerda de Raquel. Se imagina la vida que lleva con ese hombre. Manda ella, piensa mi abuelo. Piensa en el pollo que le montaría si supiera que se ha presentado ante el notario con la camisa manchada. Habrá sido en el aeropuerto, un café rápido en Barajas antes de coger el avión a Palma. ¿Tenemos tiempo?, le habrá preguntado él a la abogada. Y ella habrá mirado su reloj, la correa estrecha no se ajusta bien a su muñeca y tiene que girar la mano torciendo la palma hacia arriba. Cinco minutos, habrá contestado la abogada. Con las prisas, el marido de la trabajadora habrá dejado la taza demasiado impetuosamente en el platito, salpicándose la manga. Mierda, habrá exclamado. Y como no tiene tiempo de pasar por los lavabos para limpiarla con un poco de agua, la habrá presionado con la servilleta de papel, para absorber la gota de café, consiguiendo el efecto contrario, imprimiéndola. También podría ser una manchita de sangre seca. Si fuera sangre, ahí tendría la prueba del delito.

Mi abuelo piensa en estas cosas para no pensar en lo que está pasando. Siempre es como si tuviera la cabeza en otra parte, el Belga Absorto. Didi no es un hombre nostálgico, tampoco melancólico. Son emociones improductivas, poco prácticas. Desde que él y Mamie se fueron de Bélgica, han vivido en muchos lugares, en París, en Asturias, en Madrid, antes de llegar a Mallorca. Nunca echa la vista atrás, para qué. Tampoco es un hombre de grandes proyectos. Solo le preocupa el presente, si es que hay algo que le preocupe. Si no fuera porque por las noches no pega ojo, parecería que nada le quita el sueño.

Tarde o temprano tendrán que ingresarle en una residencia, última parada antes del viaje definitivo a ninguna parte. Cuando Marianne les sugirió que lo mejor que podían hacer, dadas las circunstancias, era vender Can Meixura, les pareció una buena idea, tanto a él como a Mamie. Un alivio. Una posibilidad que nunca se habían atrevido a verbalizar. Y ahora está sobre la mesa, solo hace falta una firma. Raquel se quedará con la mitad de las ganancias, en cuanto hayan vendido la casa a una pareja de escoceses que no saben nada de la historia de Can Meixura ni de sus fantasmas. Así, tras un empecinamiento que ha durado trece años, la trabajadora habrá conseguido lo que quería.

Cuando acaba todo, de pie en la puerta del despacho, mientras se despiden, el marido de la trabajadora titubea. Baja la voz, para que mi abuelo no oiga nada, y se dirige a mi madre poniéndole una mano en el brazo:

—Siento mucho los inconvenientes que les hayamos podido ocasionar. No sabíamos que...

Ella se aparta con rígida discreción.

—Se imaginaba otra cosa, ¿no es cierto? —responde el abogado de mi abuelo—. Se imaginaba que mi cliente estaba forrado y podrían aprovecharse de él y pegarse la gran vida a su costa.

El marido de la trabajadora levanta las cejas, alarmado, y busca con la mirada a su abogada, que ya está en el descansillo esperando el ascensor.

—¿Se han parado a pensar en el vía crucis que ha tenido que pasar este hombre, de juicio en juicio durante años por culpa de otros? —Insiste el abogado—. ¿Les parece justo para alguien que es inocente? ¿Se imaginan lo que ha tenido que aguantar su familia por su culpa?

—Pero mi mujer... —balbucea el marido de la trabajadora mientras intenta refugiarse en el notario.

—Su mujer ni siquiera ha tenido la valentía de presentarse aquí y dar la cara, algún remordimiento tendrá —concluye el abogado.

—Y a mí no me mire —dice el notario—. Aunque profesionalmente me toca ser neutral, mi opinión personal le gustaría tan poco como todo esto me gusta a mí.

—¡Pero la ley está de nuestra parte! ¡Raquel tenía ra-

zón! ¡Si no, no habría ganado!
—No sea cínico, haga el favor —le espeta el abogado de mi abuelo.
—¡Oiga! ¡Que nosotros no tenemos la culpa de los tejemanejes que hicieron los jefes de mi mujer!
—*Uno* de los jefes de su mujer —puntualiza el abogado alargando la mano hacia la puerta—. Hable con propiedad. Por culpa de los tejemanejes de ese hombre, todos lo han acabado pagando muy caro. Y ahora que ya tienen lo que querían...

El hombre se gira hacia mi madre:
—¿Les apetecería tomar un café? Me gustaría explicarles...
—Tenemos prisa, gracias —contesta ella, y ayuda a mi abuelo a salir al descansillo.

El ascensor acaba de llegar. La abogada de la trabajadora titubea, y por fin sostiene la puerta para que no se cierre. El marido de la trabajadora también titubea, pero entra en el ascensor detrás de mi madre y mi abuelo. Dentro, los cuatro se miran los pies en un silencio que rompe mi abuelo justo antes de llegar a la planta baja:
—Raquel quería mucho al señor Vasconcelos. Debió de pasarlo realmente muy mal.

El marido de la trabajadora se queda muy quieto sin saber cómo tomárselo, mientras Marianne y Georges, agarrados del brazo, llegan despacio hasta la calle y ella levanta una mano para pedir un taxi.

Escribir es despertar el miedo a nuestro futuro.

6. El baúl de los disfraces

Vaciaron Can Meixura la primavera de 2006. «Elige lo que quieras, porque tasaremos los muebles para venderlos», me dijo mi madre. Fui con Iván aquella Semana Santa. Las cajas se apilaban junto a la escalera, el eco retumbaba en las paredes desnudas. Él se quedó fuera con mi abuela, mientras yo recorría sola la casa por última vez.

En el cuarto de juegos estaban el baúl de disfraces y la casa de muñecas que heredé de mis tías. Como un reflejo de su propia familia, casi todos sus habitantes eran mujeres: la madre, tres hijas, dos abuelas. El padre soportaba el gineceo, quizá porque sus antiguas propietarias extraviaron a los muñecos masculinos que lo acompañaban (a propósito o sin querer, quién sabe), o quizá porque esos personajes masculinos nunca existieron. Recuerdo que le corté el pelo a una de las muñecas y le pedí a Mamie que le hiciera unos pantalones para convertirla en chico. Pero el resultado fue una chica peinada a lo *garçonne* y vestida con vaqueros. No me gustaba jugar con muñecas y, aunque sabía apreciar el valor de aquella casa, tallada en madera, con los mismos muebles que tenían mis abuelos pero en miniatura, nunca le dediqué demasiado tiempo.

Subí a la que había sido mi habitación, desde donde confundí los pasos de mi abuelo con el deambular de un fantasma en el piso de abajo. Solo quedaba el somier junto a la ventana, en la que se recortaba el Puig de Sant Bartomeu y un paisaje que me dio los buenos días cada verano y cientos de fines de semana durante casi treinta años.

Iván estaba hablando con mi abuela en el porche. Cuántas veces me despertaron las voces al aire libre y los pájaros a la hora del desayuno. Sin muebles, Can Meixura parecía más pequeña. También nosotros nos hacemos más pequeños cuando nos arrancan el corazón.

Recorrí las estancias convertida en un alma en pena, o en pura pena, esperando que permaneciera siempre algo de mí en esa casa, del mismo modo que esa casa me marcará hasta que muera. Míralo todo bien. No te olvides de la mesa de obra que hay en la habitación azul, llamada así precisamente por las baldosas con pájaros azules que Mamie pintó para cubrir la mesa de obra. No te olvides del armario empotrado con un ventanuco de rejilla por el que de pequeña imaginabas que te espiaba el monstruo del armario mientras dormías. No te olvides del suelo helado que pisabas descalza al ir al baño, donde hacías pipí muy deprisa para volver enseguida a la cama, bajo ese edredón que apestaba a humedad, ni te olvides del canto del ruiseñor que te tranquilizaba, qué poco adecuada en las noches oscuras su alegría, ni de los grillos y las abubillas, ni de los dragones en la pared que comían mosquitos, ni de esas arañas de patas largas que hacían la tela en las esquinas y tú las dejabas ahí para que atraparan a los bichos, ni te olvides de las horas que pasabas leyendo encajada en el alféizar de la ventana, tan ancho como la fachada de la casa y en el que cabías con las rodillas dobladas, ni te olvides del tren en miniatura que papá había montado en su habitación y con el que era feliz porque por fin tuvo lo que siempre había querido de niño, ni te olvides del ruido de la estufa en el piso de abajo, que tú sospechabas que tu abuela arrastraba más de lo necesario para despertarte temprano por las mañanas antes incluso que el trinar de los pájaros, porque las ruedas de esa estufa hacían realmente mucho ruido.

Mi abuelo ha perdido el juicio contra la trabajadora, también la casa. Y al irnos de aquí, perderemos casi lo mismo que él: nuestro pasado. No tiene nada de particular. Ocurre en todas partes, constantemente. La literatura y las vidas están llenas de paraísos perdidos. Supongo que luego te olvidas de los problemas que conlleva mantener aquellos lugares y los idealizas, forman parte de ese ensalzamiento del pasado con el que te consuelas: durante un tiempo fuimos felices.

La persiana mallorquina de madera está cerrada en la habitación azul. La ventana da a la parte trasera, al noroeste, donde está la alberca en la que nos remojábamos en agosto. Me daba un poco de asco tocar el lodo del fondo con los pies. Me inclino y, con una llave, en la parte de arriba, para que no se vea, grabo en el marés, mi techo cuando leía en el alféizar: «*Aquí vaig ser feliç*». Nadie lo verá, si no se encajona como hacía yo en el hueco de la ventana. Un pequeño tatuaje cursi que deja constancia de lo mucho que amo este lugar, el único al que he sentido que pertenecía. Y que nunca me perteneció.

Luego bajo al porche y le digo a mi abuela como si no me importara:

—¡Qué impresión, ver Can Meixura así! ¿Estás triste?

Los belgas no se ponen tristes nunca. Y si lo hacen, no se nota.

—Bueno —se encoge de hombros—, un poquito. Pero más porque me da pena pensar en quiénes van a venir a vivir y quién se va a quedar con nuestros muebles. Espero que sepan cuidarlos.

—¡Yo me pido la casa de muñecas y el baúl! —grito como una niña pequeña, dando palmas muy rápido.

—El baúl de los recuerdos —dice Iván.

—El baúl de los disfraces —le corrijo.

Mi abuela nos mira con media sonrisa y concluye:

—Son casi lo mismo.

Tercera parte

1. Los desconocidos

Claro que hace ilusión. Es un poco inquietante, es raro. Te asaltan un montón de preguntas cuando ves el e-mail de un completo desconocido en tu bandeja de entrada. Te llama por tu nombre, se presenta. Pide disculpas por la intromisión. Todos empiezan más o menos igual. Dicen que han leído tu libro, y se han sentido identificados. «Has escrito mi vida», aseguraba una chica que ni siquiera tiene mi edad, que dejó de tenerla hace años. Otros son más jóvenes, pero querían saber lo que les espera y por eso lo leyeron. Como si lo que yo escribí pudiera servirles de guía o de algo.

Recibes esos mensajes con un nudo en el estómago. Piensas muchas cosas a la vez. Primero, que han leído lo que tú escribiste hace unos meses. Han tenido que comprar tu novela, o alguien les ha regalado tu novela, o la vieron en la mesilla de noche de su novio y se dijeron, veamos, y empezaron y ya no pudieron parar. Entonces, por alguna razón, han tenido la necesidad de contártelo. De darte las gracias, incluso. ¿Las gracias? ¿No debería de ser al revés?, te preguntas frente al ordenador. ¿No soy yo quien debería agradecerles que me hayan dedicado unas horas? A mí. A mi historia. Una historia que escribí para pasármelo bien, mal que le pese al quisquilloso de Marcel. Al perfeccionista Marcel. Al inevitable, eterno, siempre presente, Marcel.

«Mira esto», le escribo a Iván y le reenvío el e-mail de una periodista que me cuenta que ella tampoco nació en Barcelona y entiende perfectamente la angustia que implica que se te acabe el contrato de alquiler, por si no eres capaz de pagarte la renovación; no eres como otros, que pueden volver una temporada a casa de sus padres mientras buscan algo y mantienen su trabajo, sus amigos y su rutina. No. Cuando nos quedamos sin piso, los que somos de fuera, y más si trabajamos por cuenta propia, tenemos dos opciones: o lo compartimos con otros treintañeros tan perdidos como nosotros (y ya no toca) o lo perdemos todo, volvemos a la isla, a la casilla de salida. Fuera de tiempo.

«Eres la mejor», responde Iván, con tres X que son tres besos.

A todos les contesto que muchas gracias, que me anima mucho lo que dicen y que le dan sentido a la novela. Al hecho de escribirla, pero también al hecho mismo de escribir. Y soy sincera. Han buscado mi contacto, no sé ni cómo lo han encontrado. Han redactado unas líneas. Y aquí están, en un lugar tan personal e íntimo, tan mío, como la bandeja de entrada de mi correo electrónico. Intrusos.

Por eso me doy de alta en Facebook. Les facilitaré

que me localicen y, por mi parte, sabré más de ellos, de dónde vienen, quiénes son, qué tenemos en común, además de la edad y la ciudad. Barcelona a los treinta. Barcelona en 2007. Nos veremos las caras. Recibo decenas de solicitudes de amistad. Las acepto todas. Me dan las gracias también por eso.

Algunos contestan al e-mail de agradecimiento con el que correspondí a su primer mensaje. En su segundo texto se explayan más. Dicen que no se esperaban que yo les contestara, seguro que tengo mucho trabajo, gracias de nuevo, qué bien. Luego me cuentan que su ex, tal, que el amor es una ficción, que la soledad es la mejor compañera pero una puta infiel, que a ver si quedamos un día para tomar algo, que si soy muy cañera, que si mi único defecto es ser demasiado cervecera, que si beber cerveza es poco femenino. Eso, los chicos. Las chicas me cuentan que su ex, tal, que el amor es una ficción, que la soledad es una amante peligrosa porque, si quiere, hace que te sientas tan mal que acabas arrojándote a los brazos de cualquiera.

No lo dicen con estas palabras. En su alegría siempre hay un deje de angustia.

A estos segundos e-mails ya no contesto. Mentalmente, sí. Mentalmente les digo:

Querido desconocido:
Qué sabrás tú de mí. Crees que me lo tomo todo a la ligera. Pero es la única manera en la que puedo

señalarte las cosas importantes. Soy una ilusionista de la realidad. Qué sabrás tú del dolor, esa herida de la que brota la literatura, hemorragia de los que no aprendimos a sentir más que por escrito y solo sabemos pensar a través de la letra impresa, como quien va haciendo cuentas complicadas apuntando las operaciones, y me llevo una. ¿Te parezco afectada? ¿O consideras que hay que tener una actitud siempre solemne ante la vida para que te tomen por alguien sensible y profundo? ¿Solo te acuerdas de la muerte cuando le diagnostican un cáncer a un ser querido? ¿Cuando un accidente hace que te replantees el sentido de tu existencia?

Yo siempre pienso en la muerte, siempre la tengo en cuenta porque, total, no podemos evitarla. Cuando voy a subirme a un avión, entro en un coche o voy en metro, cuando salgo a la calle, y si no salgo, pienso que puede explotar el gas o los cimientos de mi apartamento se vendrán abajo conmigo dentro. He llegado a obsesionarme. No solo pienso en mi muerte, también en la tuya, en la de cualquiera. ¿Qué pasaría si, mientras lees esto, te diera un infarto? Encontrarían tu cuerpo sobre el teclado y estas palabras en la pantalla de tu ordenador. Tal vez alguien creería que éramos amigos y manteníamos una correspondencia. Pero solamente contesté a tu e-mail para darte las gracias. E interpretaste que eso te daba derecho a destriparte delante de mí, cuando, la verdad, tus interioridades, tus entrañas, apestan. No te lo tomes a mal. Las tuyas y las de todos. Sanguinolentas y palpitantes. O me imagino que te suicidas. ¿Me culparían a mí, acaso, por haberte dedicado estas lindezas?

¿Por no ser recíproca tu veneración? De todos modos, si llegara a saber que te has matado, me sentiría igualmente responsable. Aunque lo más probable es que yo nunca supiera que estás muerto, del mismo modo que hasta ahora no sabía que estabas vivo. Dejarías de escribirme y yo no volvería a acordarme de ti. ¿Muere alguien por culpa de un escrito? Antes sí. En otros países, sí. Pero aquí parece que lo escrito sea siempre inofensivo.

Ahora le tengo tanta confianza que me río de ella. De la muerte, digo. No podré vencerla, pero sí puedo tomármela un poco a coña. De momento, a ella no le importa. En mi cabeza, en todas las historias hay una muerte que lo cambia todo. Como si no fuera la vida la que lo cambia todo en realidad. En esta novela con la que te sientes tan identificado y que yo escribí no se muere nadie. ¿Quién se muere a nuestra edad? Casi nadie. Todos podríamos hacerlo, pero quién lo hace. Solo una minoría, y uno publica para las masas, aunque nadie lea. Tú me leíste. Bueno, eso es lo que te crees. No me leías a mí, sino lo que había escrito, que no es lo mismo. Leerme a mí es más difícil, ni siquiera yo estoy segura de poder hacerlo.

Lo recuerdo todo, incluso lo que todavía no he vivido. Y a veces me confundo. No sé qué pasó antes y qué después, porque en mi cabeza todo es simultáneo. Todo ocurre a la vez, todo el rato. Todo es memoria. Sin parar.

Por eso escribo. Porque solo así sé ordenar esto que no sé si son recuerdos o anhelos. Invento cuáles fueron las causas y qué consecuencias tendrán. Qué provocó qué. Hago una operación complicada, aplico la fórmula, traduzco el caos de mi pensamiento en un relato lineal para darle un sentido que sé que no tiene. Querido desconocido, de hecho ya estoy muerta, pero llevo toda la vida intentando olvidarlo. Tú también lo estás. La diferencia es que no te das cuenta. Mi objetivo es distraerte y hacer que entiendas en qué consiste estar aquí a los treinta años, a los veinte, a los ochenta, a la edad que sea.

Te llevaré a lugares en los que te sentirás seguro. Sitios divertidos, bares, whisky, amigos cojonudos, el Ziggy Stardust y unos recuerdos que compartimos, generación de melancólicos que somos, con una memoria más emocional que práctica, que no sirve tanto para sobrevivir como para quejarnos, recuerdos que intercambiamos como aquellos cromos Panini a la hora del patio. Nostalgia materialista de Street Fighter y Blandiblub. Cuando todo ya es póstumo.

Querido desconocido, que te hayas sentido identificado con mi novela —que sintieras que escribía sobre ti, cuando lo estaba haciendo sobre mí— solo significa que hay cientos, miles de vidas como las nuestras, con poquísimas variaciones. Personas que consumen las mismas cosas, ven los mismos programas y las mismas películas, se han enganchado a *Los Soprano*, *The West Wing* y *The Wire*, vieron *Alf* y *V* de pequeños, fliparon con *Twin Peaks*, se saben la melodía de *Barrio Sésamo*, deseaban gustar, o que las aceptaran, o ser populares, creen merecer más de lo que tienen, se convencen de que tampoco piden tanto, cuando en realidad lo quieren todo menos problemas. Y si no lo consiguen, la culpa es siempre de los demás: banderas, políticos, el heteropatriarcado, el capitalismo, el pasado, el sistema. Hay que posicionarse, luchar por la libertad, sea cual sea. Pero sin cansarse. Somos testigos del fin del mundo sin darnos cuenta. Bueno, yo sí, pero no voy a enseñártelo. Te lo ocultaré para que no tengas miedo.

¿Crees que soy pedante por hablarte así? ¿Una ingenua, porque no digo más que obviedades? ¿A los treinta años tendría que pensar en otras cosas? ¿Debería salir y beber y follar y tener amigas con las que poner a parir a todo el mundo? Es lo que hago, desconocido, por quién me tomas. Y por eso te atraigo y te atrajo mi libro. Porque hago lo mismo que tú, porque nuestra existencia mola. Somos unos privilegiados en una ciudad con buen clima, las dimensiones perfectas y unos precios que aún podemos permitirnos. Nunca nos faltará una cerveza. Y mientras tengamos para una cerveza, todo irá bien. No nos conocemos de nada. Por mucho que nos gusten los mismos libros y frecuentemos los mismos sitios y compartamos generación y una red social considere que somos amigos. Solo sabemos lo que hemos leído del otro. Lo que el otro ha querido enseñarnos.

Mira, querido lector, te necesito, pero no soporto gustarte porque ni siquiera sé quién eres. Lo único que he leído de ti son dos e-mails que hablan de mí. O de la persona que crees que soy. Me río de la muerte y me río de mí misma para poder reírme de todo. Porque no es cierto que lo único que nos queda es la memoria. Lo único que nos queda, siempre, es la risa.

Nunca tuya,
Yo

Cuántas veces me he quedado con las ganas de enviar un e-mail así. Me nutro de las vidas de los demás. El problema es que quieran introducirse en la mía, que no les baste con lo que escribo, que quieran averiguar quién soy.

Ahí estaban esos desconocidos, confesándose. Tal vez esperaban ser los personajes de mi próximo libro, o a lo mejor simplemente no querían sentirse solos. Y lo que yo experimentaba era un cierto pudor. ¿Por qué tenía que saber aquellas cosas que me contaban? ¿Qué me hacía merecedora de sus secretos? Me confundían con mi narradora, cuando yo tenía la impresión de que esa narradora no era más que un disfraz de piel que me había puesto. ¿Puedes disfrazarte de piel? El tacto, la sensibilidad, lo más profundo se transmite a través de la piel. Y yo soy más bien descarnada, pero disimulo desde que llegué a Barcelona, porque de lo contrario no habría podido salir adelante; quién soportaría tanta gravedad. Sentía que los traicionaba, que era deshonesta. Quería decirles: os habéis enamorado del personaje, no de la autora. Y a la vez sabía que no podía decirles nada.

Marcel me lo advirtió varias veces: cuidado con lo que publicas, porque se lo van a creer. Seas como seas, acabarán viéndote como tú te describiste. Serás así como te presentes. Pero ¿y si lo que temía era que algún día escribiera sobre él?

Había dedicado horas y horas a los e-mails de Marcel, repasándolos hasta que no hubiera en ellos ni una incorrección o imprecisión que pudiera cabrearle. Párrafo y frase. Y no tenía ninguna intención de repetir aquel ejercicio escrupuloso, que también aplicaba a mis artículos, con aquellos desconocidos. Los desconocidos no merecían ese trato. Agradecía su gesto. Por eso respondía a su primer mensaje. Pero al segundo ya no, o lo hacía de un modo escueto, para que entendieran que eso era todo.

No todos lo entendían. Algunos insistían. Y al no recibir nada por mi parte, en lugar de abandonar, se ofendían. Vaya, se le habían subido los humos a la escritorzuela de tres al cuarto. Pues bueno, la novela no era para tanto, en realidad los personajes les habían parecido una panda de gilipollas. Porque si esa es toda la reflexión que puedes hacer de nuestra generación, mal vamos. ¿Dónde están la responsabilidad y el compromiso? Además, habían visto alguna foto mía en internet, y no es que pudiera ir de sobrada, precisamente; seguro que mi narradora follaba más que yo; dime de qué presumes, etcétera. Qué, ¿sigues sin contestar? ¿Tan maleducada eres? Qué asco de tía.

Marcel los llamaba «el psicópata del mes». O mejor «la psicópata del mes», porque en su caso eran más mujeres que hombres. En el mío, lo contrario. Me había hablado de ellos. De ellas. Empezaban diciéndole que leían todos sus artículos, que estaban totalmente de acuerdo con lo que publicaba, que por fin alguien plasmaba en palabras lo que siempre habían pensado. Él contestaba dándoles las gracias. Y la psicópata del mes interpretaba que tenía luz verde para seguir dando su opinión sobre las opiniones de Marcel.

Al poco, ya le estaban corrigiendo. Eso que había

dado a entender en su último artículo era un poco machista, ¿no? Ah, si fuera más abierto de miras. ¿Por qué siempre se metía con los mismos? ¿No sería más sano intentar entender al adversario en lugar de atacarlo? Él no contestaba, lo que era tomado por su interlocutor o interlocutora como una provocación. Vaya, vaya, vaya, nuestro periodista estrella no está acostumbrado a que lo cuestionen, ¿verdad? Nuestro periodista estrella cree ser el único con derecho a decir lo que piensa, porque como tiene su propia columna, como tiene tribuna, ¡ah, es superior! ¿En serio le pagaban por semejantes sandeces?

El psicópata del mes siempre puede hacerlo mejor que el periodista estrella, siempre es más original, siempre tiene la razón. En cambio, nuestro periodista estrella ya chochea, este tema ya lo trató hace unos meses, se repite más que el ajo. ¿Sabe nuestro periodista estrella cuántos están esperando su gran oportunidad y no pueden lucirse porque él ocupa su plaza injustificadamente? Y por cierto, ¿cuánto cobra, si se puede saber? A veces estos e-mails derivaban en insultos y amenazas. No hay nada más imperdonable que la traición. Basta con una reacción inesperada para que tu ídolo pase a ser tu peor enemigo.

La crítica se convierte en insulto con excesiva facilidad.

Yo empecé a llamarlos frikifans.

Los psicópatas del mes y los frikifans pretenden que pienses lo mismo que ellos. Siempre. Se ven reflejados en ti, así que si de pronto te conviertes en alguien que no quieren ser, alguien en quien no quieren reconocerse, desearán romper el espejo. Desearán que desaparezcas. Pasarán de adorarte a despreciarte. Sin que hayas hecho nada. Solo expresar tus opiniones. Ser tú.

Pero ¿cómo haces que desaparezca alguien que ya forma parte de ti?

Mi padre no había llegado a la categoría de psicópata del mes o frikifan, aunque su blog irrumpiera en cientos de buzones electrónicos para denunciar la construcción del muro. Y aunque ese blog era cada vez más personal, lo que empezó siendo un ataque contra los políticos corruptos y el sistema acabó siendo un lamento por el pasotismo social, empezando por el de su propia familia.

Mi padre no era uno de esos comentaristas de los diarios online. A Marcel le exasperaba que cualquiera tuviera la opción de dejar escrita su charlatanería bajo los artículos publicados, ya fueran suyos o de los demás, en la misma cabecera de esos periódicos.

—Permitir que cualquiera publique lo que le dé la gana en la web de un medio serio es poner a la misma altura al profesional que al psicópata de turno. Uno ha cumplido con el código deontológico; se supone que ha contrastado la información y que esta es veraz. En principio no hay calumnias ni injurias en su texto, porque en tal caso podrían denunciarle. El otro ha apuntado lo primero que se le ha pasado por la cabeza, incluso tiene derecho a insultar o desacreditar al redactor o a quien sea, sin aportar pruebas que lo justifiquen. Ni siquiera necesita dar su nombre real, no se responsabiliza de su texto. Y ahí están periodista y psicópata, compartiendo cabecera y espacio, confundiendo al lector. Es más, el psicópata cree tener los mismos derechos que el periodista, aunque no deba cumplir con sus obligaciones porque no cobra. Eso no es libertad de expresión, es libertad de estupidez, y lo acabaremos pagando caro —decía.

Yo pensaba que Marcel era un viejo gruñón.

Recibí su primer mensaje como había recibido otros tantos. Era amable. Decía que mi novela le había gustado, y me proponía que escribiéramos juntos el guion para una película. Firmaba con una A. Le contesté que muchas gracias por sus palabras, que me encantaría colaborar con él, pero que tenía demasiado trabajo. De todos modos, le mandaba muchos ánimos, suerte y adelante.

Ya se imaginaba que yo iría de culo, respondió. Aun así, adjuntaba la sinopsis de la historia y un esbozo del guion por si quería echarle un vistazo cuando tuviera un momento. Estaba seguro de que me interesaría. Firmado: A.

Nunca encontré ese momento.

Aprovechando que me había dado de alta en Facebook, busqué a antiguos compañeros de clase, más por cotillear que por recuperar un contacto que, en la mayoría de los casos, habíamos perdido incluso antes de que yo me trasladara a Barcelona.

En Mallorca, la vida iba más deprisa. Todos parecían mayores que yo, con sus barrigas acomodadas, uno o dos hijos y unos trabajos que intuía estables y rutinarios.

—¿Tú quieres esto? —le preguntaba a Iván, mientras le enseñaba en el portátil una típica estampa familiar de excursión con perro incluido.

—Yo te quiero a ti —contestaba a mi espalda, y seguía revolviendo la documentación del caso de un atracador que robaba a las mujeres en los ascensores, mientras Thelonious Monk sonaba en el tocadiscos que yo le había regalado por su cumpleaños. En vinilo. Porque en el pasado la música sonaba de otra manera.

El piso que alquilábamos en el barrio de La Sagrera se había convertido en un refugio en el que no lográbamos resguardarnos de la actualidad, pero sí un poco de nuestros padres. Yo hablaba con ellos los domingos por la noche y tenía la impresión de que todo estaba más tranquilo que unos meses atrás, cuando mi padre se dedicaba a salvar a yonquis suicidas. Claro que, con media hora al teléfono, poco podía intuir. En cualquier caso, hacía semanas que mi padre no actualizaba su blog ni enviaba e-mails masivos. En parte lo atribuí al pacto de centroizquierda que había formado gobierno, tras unas elecciones autonómicas en las que el PP se quedó a un escaño de la mayoría absoluta.

El padre de Iván, por su parte, había empezado a jugar a pádel, e Iván estaba convencido de que ya había encontrado novia. «A mi hijo y a mí nos gusta el dinero», me había comentado antes de separarse, «si tenemos espíritu pijo, qué le vamos a hacer». Pensé que sería difícil que el padre de Iván y el mío llegaran a entenderse. Pensé que a lo mejor Iván y yo no queríamos lo mismo.

2. El engaño

Las pistas habían estado ahí desde el principio, como la carta robada de Poe, y habría bastado con fijarse un poco. Pero tenía tanta necesidad de huir de la realidad, que creí ciegamente en las emociones porque permitían que me inventara otra.

De hecho, Iván y yo nos conocimos así, hace casi dos años, en lo que viene a llamarse una escapada de fin de semana.

Había comprado un billete para ir a ver a Marcel. Pero la noche anterior al viaje, él me llamó para decirme que no fuera a Mallorca. No era la primera vez. Dos semanas antes había hecho exactamente lo mismo, y yo me puse a llorar y a patalear y a gritarle por teléfono que no entendía nada. Llevábamos casi tres años de relación y cuando empezaba a estar todo bien (habíamos establecido una rara rutina a distancia, toleraba sus manías y él parecía tolerarme a mí), me dejaba de aquella manera, sin ninguna explicación.

Porque me estaba dejando, ¿no?

—Yo no he dicho eso.

—Sin ti me muero. Voy a tirarme ahora mismo por

la ventana.

—No vas a hacerlo. No seas chantajista.

—¡Pero dime al menos qué ha pasado! ¿Es por algo que he hecho? ¡Es que no lo entiendo! ¡No he hecho nada!

Me había sentado en el suelo, con la espalda apoyada en el sofá, y miraba el geranio de la vecina, iluminado por el interior para mí invisible de su casa. Yo tenía todas las luces apagadas y oía la respiración de Marcel en el auricular. Mi cabeza repasaba velozmente nuestras últimas conversaciones, los últimos e-mails que le había escrito, intentando detectar qué podía haberle molestado. Volvía a sentirme como cuando me llevaba a casa de mis padres de madrugada.

—¡Di algo, joder! ¡No puedes pedirme que mañana no vaya a Mallorca sin más y no contarme qué coño está pasando!

—Es que no está pasando nada —resolvía él como si aquello no fuera el puto fin del mundo.

—¿Qué he hecho?

—Nada.

—¿Entonces?

—Entonces, nada.

—No quieres que vaya.

—No es que no quiera.

—¿Entonces?

Alguien descorría la puerta de una galería, salía para sacudir el mantel de la cena. ¿Cómo era posible que no tuviera ganas de verme? ¿Qué podía haber en el mundo más importante que verme aquel fin de semana?

—...

—¿Quieres o no quieres que vaya? —insistía, seca.

—... no vengas —gutural.
—¿Por qué? —ahogada.
—Bueno, ven si quieres, pero no vamos a vernos.
No vamos a vernos. La frase retumbaba en mi cabeza. Mis neuronas hacían saltar chispas intentando establecer las conexiones que dieran sentido a aquella frase.
—¿Y por qué no? ¿Por qué no vamos a vernos? ¿Es que te vas de viaje justamente este fin de semana, cuando no has salido de esa isla en tu puta vida?
Sería una explicación plausible, algo que yo podría comprender y asimilar. Me agarraba a un clavo ardiendo.
—No me voy a ningún sitio —contestaba él con una tranquilidad exasperante.
—¡Ya me extrañaba! Entonces, ¿por qué no quieres que vaya?
—No he dicho que no quiera.
Balanceaba nerviosamente la rodilla y pensaba: tengo veintiocho años, él casi cincuenta, tendría que desearme y esperarme impaciente, y al contrario, me dice que no vaya. O me dice que no ha dicho que no quiere que vaya.
—Hace días que sabes que tengo el billete. ¿Sabes cuánto cuesta un billete? —reconocí el tono repelente que impregna mi voz cuando me enfado.
—Te lo pagaré —el muy cabrón no sonaba ni ligeramente alterado.
—¡No quiero que me pagues el puto billete! ¡Quiero verte! ¿Tan raro te parece? ¿Es que no quieres verme? ¿Es eso?
—Dame tu número de cuenta y ahora mismo te ingreso el dinero.
—O sea, que no me quieres ver.

—No estamos juntos.

—Ya sé que no estamos juntos, por eso compré el billete, porque si estuviéramos juntos no necesitaría comprarlo para coger un avión.

—¿Cuál es tu número de cuenta?

—¡Que no quiero tu dinero!

—¿Setenta euros? ¿Cien?

—No tienes ni idea de lo que cuesta un billete, ¿verdad?

El dolor me trepaba por el pecho. El del corazón roto es un dolor intenso, como un tendón que cede.

—Pero mira, ¿sabes qué? Que tienes razón, que no estamos juntos y no volveremos a estar juntos nunca más.

—Es que no lo estamos, no lo estamos.

—Eres un robot. Un jodido autista. Un robot autista.

—Gracias.

—Me estoy muriendo, Marcel. Tú no te das cuenta de que me estás matando.

Y era verdad. Pensar que no volveríamos a vernos nunca, nunca, nunca, nunca más, me destrozaba. ¿Qué iba a ser de mí? No podía concebirlo.

—Por favor —empecé a rogar.

Había pasado del enfado a la ansiedad, y del histerismo a la tristeza más absoluta. Mi cerebro no sabía qué órdenes enviar al resto del cuerpo. Eran órdenes contradictorias, caóticas: vomita, huye, grita, rebobina, mata a este hijo de puta que está a doscientos kilómetros de distancia, machista de mierda, inconsciente maltratador psicológico, irresponsable. Qué ridículo más espantoso estás haciendo, tía, algún día te reirás de esta conversación sin pies ni cabeza, estás cayendo en todos los tópicos de las pánfilas, boba, este cerdo se ha aprovechado de ti, ahora ha encontrado a otra y no le interesa. O a lo mejor no ha sido eso, a lo mejor solo es un cobarde, pero ese ya no es tu problema, los cobardes hacen mucho daño, olvídale, maldito Asperger, no te arrastres, estás teniendo un ataque, respira, nadie le querrá nunca tanto como tú, tú podrías salvarle, no acabes de decir lo que estás a punto de decirle, ¿salvarle de qué?, ¿de quién?, ¿acaso te lo ha pedido?, ¿él quiere que le salven?, cállate, que te arrepentirás. Las lágrimas me resbalaban por el cuello.

—Te necesito —gemí.

—No. No me necesitas. Todo lo que dices son frases hechas.

Frases hechas. Yo estaba perdiendo la cabeza por tercera vez desde que habíamos empezado a salir (o de tener aquella relación sin nombre) y él me reprochaba que estuviera recurriendo a las frases hechas. Si lo hacía —y lo hacía, de acuerdo, reconozco que recurría a las malditas frases hechas—, era porque no existían palabras para definir lo que estaba sintiendo, un desgarro profundo, un hueco donde se suponía que debería tener el cerebro, una losa en el estómago. Frases hechas. Pues sí, cuando de repente todo pierde sentido, te aferras a lo que sea, a un enunciado que por lo menos signifique algo, que se acerque mínimamente a lo que estás experimentando.

Aquella vez fui a Palma, a casa de mis padres. Llamé a Marcel, y él vino a buscarme como si esa conversación psicodramática al teléfono nunca hubiera tenido lugar. Como si él nunca me hubiera pedido que no fuera a

Mallorca. Como si nuestra rara relación sin nombre siguiera igual que siempre, tortuosa y difícil. Pero no habríamos sabido tener otra.

Dos semanas después, volvía a tener el billete comprado y él volvía a pedirme por teléfono que no lo utilizara, que ya me lo pagaría, que le pasara mi número de cuenta. Que no fuera a verle. Esta vez no rogué, ni lloré. Tampoco le di un ultimátum, ni amenacé con saltar por la ventana, porque no sentí dolor. Ni rabia. Ni tristeza. Ni nada. Algo dentro de mí había dicho: basta. Hasta aquí. Se acabó. Y aquella apatía, aquel alivio inmediato, fue lo más parecido a la felicidad que había experimentado desde que le conocí.

Dije: «Vale», y colgué.

Justo entonces, el teléfono vibró. Pensé que era él, a lo mejor para añadir algo, o para desdecirse, arrepentido. Pero no era él. Era un mensaje de Iván. Decía: «Fúgate conmigo este fin de semana».

Como mucho habríamos hablado tres veces, en la redacción, y siempre fueron conversaciones de ascensor, sobre el tiempo o las rebajas. De todos modos, contesté: «Claro!». Y al día siguiente me vi en su coche, de camino a quién sabía dónde. Era un todoterreno pequeño. En cierto modo, le pegaba: robusto, estilizado y un poco ostentoso. Las chicas de la redacción estaban encantadas con Iván porque era el típico seductor que las adulaba. Es canónicamente guapo, y tiene unos ojos grandes y bonitos, parecen sacados de una película manga. Enamorada de Marcel hasta las trancas, yo no le hacía ni caso, y a lo mejor por eso le gusté. Por eso y porque una vez me oyó hablar en francés con mis abuelos por teléfono. Y porque, según él, yo estaba como una cabra: «Eres tan racional que pareces una loca». Ah, sí, y porque escribía bien. Lo que más le gustaba de mí era cómo escribía. «Yo de mayor quiero ser como tú», me dijo una vez.

En el coche pidió que pusiera algo de música y, al rebuscar entre los CD de su guantera, encontré uno de Andy y Lucas. Entonces estuve a punto de pedirle que me dejara en la estación de servicio más cercana, porque de pronto fui consciente de que no nos conocíamos en absoluto y de que a lo mejor no teníamos nada en común. Andy y Lucas. Puse otro de Dire Straits.

Entonces aún no sabía que le compraba aquellos discos a un confidente, sin fijarse en lo que estaba comprando, simplemente para sacarle información.

Acabamos en Palamós en temporada baja, en el único hotel que encontramos abierto. Se agotaba febrero. En la tele ponían *Willow* e Iván bajó a comprar hamburguesas. O pizzas. Lo he olvidado. Le conté que había ido a ver *Willow* al cine cuando la estrenaron y que lo único que recordaba era el olor de la sala, un perfume dulzón muy característico parecido a algún tipo de incienso que no he vuelto a oler nunca más. Cuando vuelva a olerlo sabré dónde lo hice por primera vez, le dije, pero además recordaré este momento en el que te lo conté a ti. Tardamos en besarnos. Nos quisimos enseguida. Y a lo mejor me enamoré de él cuando, al meternos en la cama, se puso un pijama de franela para dormir.

El domingo comimos una paella frente al mar, que me deslumbraba pero a él no, porque llevaba gafas de

sol. Le dije que no me casaría nunca ni tendría hijos. Él contestó:
—Claro que sí. Lo harás conmigo.

—¿No te parecen felices? —pregunta Iván asomándose por encima de mi hombro, mientras miro en Facebook esas fotos familiares de mis antiguos compañeros de clase.
—Me parece que se conforman con poco —contesto.
—¿Y qué más puedes querer que una familia?

Lo primero que hizo fue confesarme que había engañado a todo el mundo. Me lo contó mientras comíamos aquel arroz frente al mar, él con las gafas de sol puestas, y yo, a través de sus cristales oscuros, era incapaz de saber si también me estaba engañando, o lo haría más adelante, porque no le veía los ojos.

Me confesó que había sido ludópata; pero no de casinos o póquer, especificó, eso tendría cierta clase, un aura cinematográfica. No, él lo fue de máquinas tragaperras. Todo muy guarro, dijo. ¿O dijo cutre? A su novia de entonces le explicaba que tenía que seguir un caso, y se pasaba horas en cualquier bar, cambiando billetes por monedas, y metiéndolas en un cacharro que, en el mejor de los casos, le devolvía una parte de lo que había jugado. La musiquilla sonaba como un reclamo cuando, en la barra, se tomaba un café rápido. Era como esas amas de casa, me dijo, o como uno de esos chinos, ya sabes, gente a la que nadie ve y lo va perdiendo todo por culpa de la máquina dichosa. Incluso los sueños. Porque las figuritas que van alineándose para determinar tu suerte se apoderaban hasta de sus sueños, decía Iván, las veía combinarse mientras dormía, no podía quitárselas de la cabeza.

Le pidió dinero a esa novia, a sus mejores amigos, incluso a su hermana. Mucho dinero. Te lo devuelvo mañana, era su apostilla. O la semana que viene. Si le preguntaban, inventaba cualquier excusa. Es que el mecánico era un pirata y le clavaba un dineral por una puesta a punto. O es que tenía que cambiar la caldera, un gasto imprevisto. O es que había perdido la tarjeta de crédito y tardarían en enviarle una nueva. O simplemente quería ayudar a un amigo que estaba en apuros. Los detalles son esenciales para ser un buen mentiroso, y él mentía sin parar, me dijo.

Todas las excusas empiezan por «es que». Yo recordaba a viejos compañeros del colegio que no habían hecho los deberes. Es que mi perro se los ha comido. Es que mi tío se puso enfermo. Es que mi abuela ha muerto.

Iván empezó a pedir dinero incluso a sus compañeros de trabajo, en el diario en el que trabajaba antes de conocernos; también a sus padres. Era todo muy guarro, muy cutre, repetía mientras las gaviotas planeaban sobre los yates del puerto, aquel mes de febrero que parecía abril, y yo pelaba una gamba con los dedos.

—Pero se acabó —decía Iván—. No aguanté la angustia. Le debía pasta a todo dios. Y si por lo menos hubiera sido por algo que valiera la pena, por alguna inversión, por el gran proyecto de mi vida. Pero no. Lo único que estaba haciendo era tirarla por la borda. Mi vida, digo.

La decisión no fue del todo suya. Su novia descubrió

que llevaban tres meses sin pagar el alquiler un día que se encontró con el casero en la escalera. Al consultar la cuenta común, vio que estaban en números rojos. Iván se derrumbó. Ella lo echó de casa. ¿Cuánto tiempo había estado así? Él no lo sabía. Pero no podía más. No podía más. Habló con cada una de las personas a las que debía dinero, me dijo, fue de cara, les contó lo que pasaba, prometió que lo devolvería todo en cuanto pudiera. Algunos le insultaron, otros fueron comprensivos.

—Estaba enfermo. Pero la ludopatía está peor vista que otras adicciones. Nadie se compadece de ti. Si estás enganchado al alcohol, das pena; si lo estás a las drogas, das asco. Pero hay un elemento externo, una sustancia en tu cuerpo que te ha jodido. Si estás enganchado al juego, entonces das rabia. Tú te lo buscaste, por avaricioso. Nadie lo entiende. Es normal. Con el dinero no se juega —se rio.

Tras darle un sorbo al vino blanco, corrigió:

—No *estaba* enfermo. Aún lo estoy. Un adicto lo es toda la vida, como en las películas: hola, me llamo Iván y soy ludópata. Soy adicto al juego. ¿Sabes que tengo prohibida la entrada a los bingos?

Fue a terapia, cambió de trabajo y entonces nos conocimos.

—Lo primero que hice, antes de firmar el contrato con el diario, fue contárselo a los jefes; no quiero que les llegue por otras vías, porque la versión estará distorsionada. Y ahora te lo cuento a ti por lo mismo.

Es extraño. Alguien consigue tu confianza precisamente revelándote los motivos por los que no deberías fiarte ni un pelo.

—Si alguna vez te pido dinero —decía—, no me lo prestes. Nunca. Aunque te cuente un rollo macabeo de algo muy chungo a vida o muerte. Haz que llame a mi psicóloga y habla tú con ella, para comprobar que no es un farol.

Como primera cita, hay que reconocer que estaba siendo bastante original.

—Te estoy pidiendo ayuda —reclamaba con una sonrisa tranquilizadora—, pero también te estoy diciendo que puedo ser un farsante.

A nuestro alrededor, aquel era un domingo más con niños exigiendo un helado de postre, vermuts en otras mesas, huesos de aceituna en los ceniceros, bicicletas en el paseo marítimo y una alegría que por la noche, ya de vuelta a casa, cuando mis padres me llamaron como cada semana, me hizo exclamar:

—¡He conocido al hombre de mi vida!

No era la primera vez que me lo oían decir, porque he repetido lo mismo con casi todos, al principio. Nunca me creen, pero fingen que sí, les hace gracia. En este caso, además, les aliviaba: por fin olvidaría a Marcel.

Iván me oyó desde el pasillo. Y al colgar, vino por detrás, me pasó los brazos por la cintura, apoyó su cabeza en mi hombro y me susurró al oído que yo también era la mujer de su vida.

Nosotros, cada uno a su manera, también habíamos formado parte de estampas como aquellas que veíamos en Facebook. Fue en una época en la que creíamos que las fotos de verdad eran un reflejo de nuestra familia y que no había nada más allá de aquellas fotos. Que estaba todo ahí, en la imagen enmarcada y expuesta sobre una cómoda estilo Luis XVI, primero en Madrid y luego en Can Meixura. Sonrisas más o menos sinceras, la familia como un equipo, rubor en las mejillas, y qué estaba mirando Didi, si el objetivo estaba en otra parte, el temporizador le pilló despistado, como siempre. Pero luego descubres que nunca es tan sencillo, ni tan idílico, ni tan aburrido.

No, yo no quiero esto, pienso. Y sé que Iván sí lo quiere. El griterío de niños correteando por la casa, una casa de veraneo en lo alto de una colina, unas vistas sobre el pueblo, la infinitud de los días de julio, los rasguños en las rodillas y las fotos cada año, todos juntos en el porche, uno con la boca abierta porque dijo «patata». La vida con dinero y sin preocupaciones.

Hasta que te das cuenta de que los has arruinado.

Busco a Dani en Facebook. Su nombre es bastante común y en un primer momento creo que me va a costar localizarlo, pero como compartimos algún contacto del instituto, lo encuentro enseguida.

Ya no tiene melena. Está calvo. Y lleva unas gafas estrechas de montura azul marino. Barba espesa y negra. En su foto de perfil, aparece tocando la guitarra. Vive en Madrid. Es profesor, intuyo que de música. Hace catorce años que nos vimos por última vez, casi la mitad de nuestra vida. Me quedo un buen rato mirándolo. Conserva la misma sonrisa, el mismo brillo en los ojos, las manos robustas con las que agarraba las mías para decirme que claro que te casarás, te casarás conmigo. Como Iván. ¿Se habrá casado Dani? No lo especifica, y tampoco puedo acceder a sus fotos si no le solicito amistad.

Se fue al final de aquel curso y no volvimos a saber nada el uno del otro. Cuando aún vivía en Mallorca, me pedía que, por las noches, mirara al castillo de Bellver, iluminado en lo alto de un monte, a tres kilómetros de Palma y a la vista de casi toda la ciudad. Y él haría lo mismo, también lo miraría. Así nos sabríamos cerca. Todavía hoy, cuando voy a casa de mis padres, me acuerdo de él un segundo cada vez que veo el castillo de Bellver iluminado, tras ponerse el sol.

No sé cómo se tomaría mi aparición repentina. ¿Se acordará de mí? Ha viajado tanto, y ha tenido tantos compañeros de clase. ¿Por qué ninguno de los dos hizo nada por mantener el contacto? Si solicito su amistad, ¿puedo ponerle en algún tipo de compromiso? No sé, a lo mejor acabó hasta las narices de mí, de mis obsesiones. O a lo mejor lo único que quería era enrollarse conmigo, y como no lo consiguió, tras persistir todo el curso, ya no le interesé. O a lo mejor sigue enamorado de mí y si aparezco como un fantasma del pasado, ahora que ha formado una familia, se lo desbarajusto todo.

Intento recordar si fuimos realmente amigos. Creo que sí. A la salida del instituto, le acompañaba a la parada del autobús y él los perdía a propósito, uno tras otro, para quedarse un rato más hablando conmigo. Dani vivía en una urbanización a las afueras. Nos besamos una vez. La última noche que nos vimos. En la plaza Gomila. Salimos, bebimos, acabamos en el Fraggle Rock, como siempre, el suelo estaba pegajoso por los cubatas que se habían derramado, los ojos nos escocían por el humo de los cigarros. Y luego, en las escaleras apestosas de pis que había detrás de los baretos más cutres donde tomamos la penúltima, sentados bajo las estrellas y los extractores de las cocinas, rodeados de tuberías que goteaban, confesando que nos echaríamos de menos, justo antes de que saliera el sol, sellamos nuestra despedida con un beso.

Cogió mi mano como hacía en clase y, como hacía en clase, me enseñó su *trempera matinera*. «Eres un cerdo», me reí. Pero, en realidad, yo también me había excitado un poco, aunque jamás se lo confesé. Luego volvimos con los otros, creo. También creo que nos encontramos con alguna de las chicas con las que solía enrollarse, y yo le dije «aprovéchalo, que es tu última noche», o algo así. Y él contestó algo como «haga lo que haga, eres la única». Y volví a reírme de su caradura como me reía de su polla dura. Y más o menos, eso fue todo.

El que firma con una A. sigue mandándome e-mails. Los leo en diagonal. Dice que ya sabe que estoy muy liada, que el trabajo y tal, pero ¿he tenido tiempo de mirarme al menos la sinopsis que me envió? Insiste en que cree que puede interesarme. A él le encantaría poder dedicarse a lo que siempre soñó, que es hacer películas, pero por circunstancias varias le ha resultado imposible. ¿Me doy cuenta de la suerte que tengo? Ya, entiende que el tiempo se me eche encima, hago muchas cosas. Es normal: con las condiciones laborales actuales, o curras en mil sitios o no llegas a fin de mes. Pero de todos modos, tengo que aprender a organizarme, porque el tiempo es lo más valioso del mundo. ¿Verdad que en su lecho de muerte nadie se arrepiente de haber trabajado demasiado poco? En cambio, sí lo hace por no haber estado con los suyos, o no haber cumplido sus sueños. Por no haber intentado cumplirlos, que es todavía más grave.

«Y tú qué eres, ¿un cura?», pienso.

3. Cosas raras

Creíamos que escribir nos salvaría. Bueno, en el caso de Iván, era publicar lo que él pensaba ingenuamente que le hacía intocable. Era impaciente. Peor. Era imprudente. Temerario incluso. La información le quemaba en las manos y tenía que jugársela, como quien está en un casino y lo apuesta todo a un número. Un adicto lo es a todo, aunque su perdición vaya cambiando. Estaba convencido de que, una vez sobre el papel, sus palabras le protegían. Porque a partir de entonces, aquello ya no lo decía él, ni un confidente. A partir de entonces, aquello lo decía el periódico.

Había temas prohibidos, por supuesto. Por ejemplo, el de la mafia.

—Pero qué dices, no te flipes. Mafia en Barcelona —le decía yo sacudiendo la cabeza—. ¿Italiana?

—Rusos.

—¡Venga ya! ¿Todos los bares turísticos son de la mafia rusa? Si fuera algo más que una leyenda urbana, ¿por qué nadie lo ha publicado? ¿No hay pruebas?

—¡Pues porque queremos proteger a nuestras familias! Por eso la mafia en este país solo se menciona cuando hay un crimen.

El año pasado se publicó *Gomorra*, de Roberto Saviano. Vendió millones de ejemplares. Desde entonces, Saviano vive amenazado de muerte. Luego se hará una película. Y más adelante una serie. Pero en ellas no se conservarán los nombres de las organizaciones mafiosas que retrata. Sé lo que opinará Marcel al respecto. Dirá, como decía de mí, que son *tricksters*. Eso es hacer trampas.

Iván sigue un caso del que nunca me habla. Para protegerme, dice. Me parece una fantasmada de las suyas. Igual que cuando me pide que no cuente según qué por teléfono, porque sospecha que lo tiene pinchado. «Por aquí no», susurra y yo me río al otro lado de la línea, porque, joder, vale que somos periodistas y él toca temas complicados, pero vivimos en una democracia, ¿no?

—¡Muchas pelis has visto tú! —le contesto.

Empezaron a ocurrir cosas raras. No lo suficiente como para estar seguros de que nos vigilaban, pero sí como para sospechar que no se trataba de una paranoia juguetona.

La primera que recuerdo fue en una de aquellas *escapadas* de fin de semana. Hacía un tiempo que Iván seguía ese caso del que no podía hablarme. Me llevaba sin yo saberlo a un hotel en la montaña. Era viernes por la noche, serían las once, y al reanudar la marcha tras pagar un peaje, un coche de los Mossos de Esquadra nos siguió, haciéndonos luces para que paráramos.

—*Es troba bé?* —le preguntó un agente a Iván a través de la ventanilla.

—*Sí, per què.*

El mosso dudó. Me miró.

—*D'on vénen?*
—*De la feina* —dije yo.
—De Barcelona —dijo Iván.
Acabábamos de llegar a Lérida.
—*Té els ulls vidriosos* —le dijo el mosso a Iván.
Aquella frase se incorporaría enseguida a ese vocabulario que construyen las parejas para compartir un lenguaje exclusivo, solo suyo, que únicamente entienden ellos dos. Un código propio para compenetrarse aún más. Cada vez que jugábamos a acusarnos de algo, a pillarnos en falta, nos repetíamos:
—*Ah, no sé, vostè sabrà. Té els ulls vidriosos.*

Poco después de aquel episodio, empezamos a ver un coche patrulla aparcado delante de casa. No había nadie dentro, no es que estuvieran de guardia. Nos reíamos medio en serio, mira, nos han puesto un vecino policía para que te vigile, a ver qué eres capaz de publicar, le comentaba a Iván, y él me seguía la broma, pero yo notaba que estaba un poco mosca.
—A lo mejor quieren controlar que no vayas por ahí con los ojos vidriosos —le insistía mientras íbamos a la redacción.
—Será eso —contestaba él, algo distraído al volante.
—Venga, ¿cuándo me vas a contar de qué va el caso que estás investigando?
—Que es por tu bien, melón.
—¡Podría ayudarte!
—Es un tema muy gordo, no quieras saberlo.

En verano pasé unos días en casa de mis padres. Había una calma tensa. Papá parecía estar mejor que a principios de año, pero seguía sin ser del todo él. Mamá continuaba fingiendo que todo era normal, como si mi padre hubiera ido siempre despeinado por la vida y con una grabadora colgada del cuello, la camisa desabrochada hasta el ombligo y conduciendo un Audi descapotable. Como si no hubiera sido víctima de la invasión de los ultracuerpos y ahora un extraterrestre dominara sus actos. Ese extraterrestre era demasiado humano. Tanto que podría tratarse efectivamente de un ser de otro mundo que hubiera adoptado los rasgos más exagerados del hombre para sustituirlo.

De los senegaleses no había ni rastro. Quizá fuera una buena señal. Durante la semana que pasé en Mallorca, nadie los mencionó, y yo tampoco. Tampoco se mencionó Son Cors, ni el vecino, ni el muro. Mi padre había dejado de ir a la casa desde que empezó la batalla de denuncias públicas y administrativas, e imaginé que volvería a estar abandonada, como cuando solo la visitábamos el primero de agosto para celebrar el cumpleaños de mi abuelo mallorquín. No sé cuánto tardan las malas hierbas en recuperar vorazmente lo que otros intentaron arrebatarles con herramientas y cariño.

Iván me llamó un sábado por la mañana. Aunque fingía serenidad, se notaba que impostaba la voz, como si también lo hubiera invadido un ultracuerpo que siguiera una fórmula aprendida para aparentar entereza.

—Oye, ¿estás sentada?

Ni melón, ni torpedo, ni corazón, ni perla. Directamente al grano.

—¿Qué ha pasado?

—Estoy bien, ¿vale? Eso es lo importante.
Una película de sudor se escarchó sobre mi piel.
—¿Qué ha pasado? —repetí.
—Anoche salí.
Frecuenta un bar cerca de la Modelo, donde a veces queda con algún funcionario de prisiones que le pasa información.
—Cuando volvía a casa, no sé, serían sobre las cuatro, me pararon los Mossos.
—¿Habías bebido?
—Ni siquiera me hicieron la prueba.
—¿Cómo?
—Que no me hicieron la prueba de alcoholemia. Me dijeron que me esposaban y me llevaban al calabozo.
Iván podía ser tan peliculero que a veces me costaba creerle. Además, me había dado cuenta de que no estaba contestando a la pregunta de si había bebido.
—No entiendo.
—Luego llegó un coche de la Guardia Civil —seguía él.
—¿Por qué?
—Yo qué sé.
—Pero ¿la Guardia Civil puede multarte?
—Yo creo que querían meterme droga en la guantera mientras los otros me esposaban o algo así.
—Pero ¡qué me estás contando!
Nada de aquello tenía sentido. ¿Por qué se montaba un rollo tan rocambolesco? Yo daba vueltas como una fiera encerrada en la cocina de mis padres.
—He pasado la noche en el calabozo —estaba diciendo él—. Y esposado, además. Aún tengo las marcas en las muñecas.

—¿Y eso no es ilegal?

—Claro que es ilegal.

Hay lugares que no volverán a ser nunca los mismos (los inocentes desayunos de la infancia antes de ir al colegio, la radio encendida mientras mi padre fregaba los platos), porque una noticia recibida en ellos los impregnará para siempre de ese recuerdo.

—¿Se puede saber en qué mierda te has metido? —susurré.

—No puedo contártelo, ya lo sabes.

—Vale, pues déjalo ya, ¿vale? No lo publiques. A tomar por culo. No nos pagan tanto como para eso.

—Es algo muy gordo. Me van a dar el Pulitzer —se reía.

Unos días después, recibió una multa por haber conducido a cien kilómetros por hora en la Diagonal a las siete de la misma mañana que pasó en el calabozo. Su padre había ido a buscarle a las nueve, de modo que todo era incongruente: una acusación por superar la tasa de alcohol sin ninguna prueba que así lo acreditara, una noche esposado y retenido, y una multa por exceso de velocidad a una hora en la que él seguía en comisaría. Todo, cuando yo estaba en Mallorca y no había testigos.

—¿Sigues creyendo que son paranoias mías o aquí está pasando algo?

Le retiraron el carnet dos años y se acabaron nuestras escapadas.

A veces, cuando perdía los nervios, me cabreaba y le reñía por algo, Iván daba una palmada. Entonces, el tigre que le había regalado la asistenta ecuatoriana de su padre se activaba. Sonaba aquella música reggae estridente y el tigre de peluche movía las caderas sobre su tarima.

Mis regañinas son cada vez más frecuentes. Hay algo en él que me exaspera. No sé qué es. Nada concreto. Su presencia. Se ha vuelto un estorbo, aunque no se comporte de una manera distinta, creo. Intento contenerme, tengo que ser más paciente, estar de mejor humor, no gruñir porque sea desordenado o vacíe la nevera sin reponer nada de lo que acaba y prometa cada día desde que lo conozco que mañana empezará a hacer dieta. Quiero quererle. Quiero desearle. Pero como no me sale, me cabreo y cargo contra él.

Él aplaudía y aplaudía, para que el tigre de peluche bailara. Y al principio, eso me hacía reír.

Luego se acabaron las pilas.

Cosas de las que no se habla: de lo que le pasó al socio de mi abuelo. De lo que le pasa a mi padre. Del caso que está siguiendo Iván. De Marcel.

¿Y Dani? ¿Le habrá hablado de mí a alguien?

Periodismo es difundir aquello que alguien no quiere que se sepa; el resto es propaganda, apuntó Horacio Verbitsky, ahondando en la misma idea de George Orwell.

Facebook hace propaganda del yo. Y yo sigo dándole vueltas a si debo contactar con Dani o no.

4. El pánico

El frikifan que firma con A. me escribe a diario, varias veces. Manda tantos e-mails que ha creado una carpeta para que se archiven mecánicamente sin aparecer en mi bandeja de entrada. Pensaba que se le pasaría. Que se aburriría de mi silencio y me mandaría a la mierda.

Publiqué la novela hace meses y su vida ha sido tan breve como era de esperar. Los periódicos ya no hablan de ella, ya no me entrevistan en los programas de radio; a lo mejor de vez en cuando aparece algún nuevo lector en mi correo electrónico dándome las gracias, pero con mucha menos frecuencia que cuando salió el libro.

La sensación es extraña, mezcla de nostalgia y cierto alivio. Vuelvo a ser yo. No tengo que representar ningún papel, no tengo que ser simpática si no me da la gana, no tengo que encontrar siempre la respuesta ingeniosa ni darle vueltas y más vueltas a mi ego. Y por otro lado, he estado tan pendiente de mí, han estado todos tan pendientes de mí, de algo que yo había hecho, que ahora es como si me faltara un trozo del yo. No la Y, tan exclusiva, inclusiva, copulativa, rara, sino una parte de la O, que deja de ser redonda y completa; tal vez lo que me falta es el aire que hay dentro de la O, o al contrario, siento esa suerte de vacío que hay en su interior.

¿Ya está? ¿Eso es todo? ¿Cómo regresa una al anonimato? ¿Cómo se acostumbra de nuevo a pasar desapercibida? A no tener voz. No sé por qué consulto su carpeta en el e-mail. Curiosidad, supongo. O ganas de calmar mi vanidad; hay alguien que aún me admira, aunque sea un loco.

Es miércoles por la noche. Iván ha salido. Llegará tarde. O temprano, según se mire. Desde el verano actúa raro y apenas nos vemos, aunque trabajemos en la misma redacción y vivamos juntos. Se presenta en casa a las seis, a las siete de la mañana, apestando a tabaco y ginebra. Duermo en vilo, pendiente aunque no quiera de sus pasos en la escalera, de la llave en la cerradura, por fin. Entreabro un ojo y veo que ya es de día, primerísima luz de la mañana acariciando las paredes. Oigo cómo el cuerpo de Iván se desplaza por el pasillo dando tumbos, aunque vaya de puntillas, y luego el agua del lavabo, se lava los dientes. Oigo el chorro de su pis golpeando la loza del váter, una meada larga, y el ruido de la cisterna, y otra vez corre el agua del grifo, se lava las manos, se empapa la cara.

Abre la puerta de la habitación muy despacio y se desviste con sumo sigilo mientras me hago la dormida. Se mete en su lado de la cama sin decir nada, sin tocarme. El colchón se hunde bajo su peso. Se vuelve hacia la pared y en menos de un minuto está roncando. Es así cada semana. Promete que volverá a las tres como muy tarde, cuando cierren los bares. Y yo le creo. Quiero creerle.

—Oye, si vas a llegar muy tarde, prefiero que duermas en casa de tu padre, así no estoy pendiente —le pedía al principio.

—Que no, melón, que estaré de vuelta antes de que te des cuenta; a lo mejor incluso te pillo despierta. ¡Con lo noctámbula que eres! —y un beso superficial en los labios.

Pero vuelve a ser miércoles, él dice que sale, yo digo que vale, y no regresa hasta que es jueves. Entonces, cuando le oigo roncar, que es casi enseguida, me levanto, aunque apenas haya pegado ojo. Porque no le soporto. Su carne caliente me molesta y me molesta su respiración, su aliento a dentífrico y noche, el olor de su pelo sudado, restos de humo de mil cigarrillos, y esa falta de consideración. Cada puta semana hace lo mismo y nunca pide disculpas. Y yo tendría que pasar. No es importante. Pero es lo único que le pido, joder, que si piensa salir hasta el alba, se vaya a casa de su padre.

Enciendo la cafetera sin cuidado en la cocina, en el extremo opuesto del pasillo. Por mucho ruido que haga no se despertará. Y esa despreocupación con la que duerme, tan alejada de la inquietud que él en cambio me provoca, me saca de quicio. ¿Por qué le da igual lo que le diga? Mientras tomo el café, imagino que se lo derramo por encima y le insulto y lo echo de casa. Porque el alquiler lo pago yo. Él es un okupa que me hacía de chófer hasta que le retiraron el carnet. No podrá conducir durante los próximos dos años y yo no tengo el permiso porque soy un desastre. Y porque, en esta ciudad, nadie necesita el carnet de conducir.

De algún modo, nos evitamos. Yo me levanto de la cama cuando él llega, voy a la redacción cuando aún no hay nadie, solo la señora de la limpieza, y él se presenta allí a las siete de la tarde, cuando ya estoy a punto de cerrar mis artículos. Dice: «No me esperes», y me voy. Y entonces hago mi vida, alargo el momento de llegar a casa porque sé que estará vacía, y pasaré irremediablemente a esperarle.

No sirve de nada llamarle y preguntarle si vendrá a cenar. No quiero parecer una controladora. Me detesto por ser así porque no me reconozco. Pero ¿acaso no es él quien me pone en esta situación? ¿No sería todo mucho más fácil si fuera claro y habláramos las cosas, como antes del verano? Como hemos hecho siempre, desde que nos conocemos. ¿Qué ha pasado?

Ahora es miércoles por la noche. Él no llegará hasta mañana por la mañana, aunque me haya dicho que a las tres estará aquí, como muy tarde. Me he servido una copa de vino, he intentado escribir, suena música, y no sé por qué se me ocurre abrir el archivo de los e-mails del frikifan que firma con A. Salvo los dos o tres primeros en su momento, no he leído entero ninguno más. Al abrir la carpeta, compruebo alucinada que hay un total de mil ochocientos setenta y nueve. Eso equivale a un mínimo de siete mensajes diarios. ¿Qué necesidad puede tener alguien de escribir siete mensajes diarios? Y a una desconocida. Sin obtener respuesta, encima.

Leo uno al azar, enviado dos meses atrás. Solo pone mi nombre y puntos suspensivos. Cinco minutos después, mandó un e-mail idéntico: mi nombre y puntos suspensivos. Doce minutos más tarde, lo mismo. Transcurrida una hora, se repite el mensaje. Luego aparece mi nombre seguido de siete signos de exclamación.

Leo otro e-mail de hace cinco meses. Habla de la «relación con la plantita». Cuando le hablas a una planta, dice, la planta no responde. Pero crece más bella, más sana, porque se siente cuidada. Y tú tienes la sensación de que la planta te escucha, aunque no diga nada. «Ya sé que estás muy liada y no te queda tiempo para contestarme, pero no te preocupes, lo único que importa es que nos sintamos el uno al otro; yo sé que existes y tú sabes que existo. Siempre cerca, A.»

Voy a la cocina y cojo la botella de vino. Aún quedan mil ochocientos setenta y uno e-mails sin leer. ¿Cómo he podido tener esto en mi bandeja de entrada sin saberlo? ¿Y qué es esto? ¿Quién es A.? ¿Por qué me envía estas cosas? No quiero seguir leyendo. El asco se parece mucho al miedo. O a lo mejor lo que siento es asco y no miedo. Pero me acerco al ordenador y, sin sentarme, reclinada hacia la pantalla desde detrás de la silla, con la copa en la mano, hago clic y leo otro.

Dice que ha creado un código solo para nosotros, un lenguaje exclusivo, íntimo. A partir de ahora, me hará preguntas. Si agrego un amigo nuevo a Facebook, le estaré contestando que sí. Si quiero responderle que no, deberé eliminar a uno de los amigos que ya tengo. Por casualidad, después de eso, mi perfil debió de indicar que tenía cinco amigos nuevos, de modo que él interpretó que le estaba contestando sí, sí, sí, sí, sí. Celebra mi entusiasmo, dice que soy como una niña. No se esperaba que me gustara tanto este juego. Pregunta: «¿Te gustaría que quedáramos?». Por lo visto, agregué a dos amigos, porque responde: «No seas impaciente, todo a su debido tiempo».

Sigo abriendo e-mails al azar, de hace cuatro meses, de hace siete, de la semana pasada, de ayer. Mis ojos resbalan sobre las letras, evitando detenerse en las frases, pero reteniendo algunas sin querer, que estallan como petardos demasiado cerca. «Te haré el amor muy despacio.» «Te mataré lentamente.» «Yo me ocuparé de todo.» ¡Pam, pam, pam!

Cuando yo elimino a algún contacto de Facebook (y él interpreta que le contesto que no), parece enloquecer, me insulta, primero con sarcasmo, luego sin miramientos. Desprecia la falta de respuesta real. Tiene algún arranque de lucidez y entonces se ríe de sí mismo, desconocido patético que intenta llamar mi atención. A veces me pide que no le tenga miedo, que no hay nada que temer. Otras dice que debería tomármelo más en serio. «Porque yo sí lo sé todo de ti», apunta, «y te quiero a pesar de eso. ¡Es tan difícil amar a alguien aun conociendo sus secretos! Pero te perdono».

¿Me perdona? ¿Por qué? ¿De qué? ¿Tendré que leer sus casi dos mil correos para descubrirlo? No quiero. No quiero leer ni una palabra más.

Son pasadas las dos. Llamo a Iván. No contesta. Mierda. Supongo que no me oye con la música del bar. Lo intento de nuevo. Quiero dejarle un mensaje, pedirle que me llame enseguida, pero a lo mejor esto no es tan urgente y, además, no sabría cómo explicárselo. Cuelgo antes de que salte la señal.

Pienso en mi padre. A principios de año enviaba e-mails raros, y no era un hombre peligroso, simplemente estaba pasando por un momento complicado. Será un caso similar. Alguien con la necesidad de tener voz. De que le hagan caso. Alguien alterado por algo, un chico que ha encontrado un modo de expresarse, que está confundido y me toma por amiga suya, o por su novia virtual, o por su plantita cibernética. No. Mi padre no estaba loco y este tío está como una regadera.

Bebo más vino. ¿Qué quiere decir A. con que me conoce y me perdona? Se lo está inventando para hacerse el interesante y picar mi curiosidad. Pero no soy tonta, no caeré en una treta tan obvia. Lo único que ha hecho ha sido leer mi novela, recuperar algunas entrevistas que me hicieron cuando se publicó y cotillear en mi Facebook. Lo puede hacer cualquiera. Con eso le basta, con la versión superficial, mi exposición pública; con lo que yo quiero que se sepa y controlo, *community manager* de mí misma.

Y hace trampas, claro. A., en cambio, no da pistas, tengo que deducir quién es o quién podría ser y hasta qué punto sabe de qué coño está hablando. Es inofensivo. Un perturbado. Un aburrido con mucho tiempo libre que se dedica a... a qué. ¿A acojonarme? ¿Me acojona, realmente? ¿Me sulfura? ¿Me cabrea? ¿Me divierte? No sé qué siento. A lo mejor no siento nada. Pero entonces, ¿por qué voy pasillo arriba, pasillo abajo, esperando a que Iván me devuelva la llamada?

Le escribiría ahora mismo: «Déjame en paz. No vuelvas a contactar conmigo o te denunciaré por acoso». Mil ochocientos setenta y nueve e-mails. Eso es de enfermo. De chalado. De tarado mental. Pero si le contesto, se lo tomará como una forma de contacto, y entonces ya nunca me dejará tranquila. No puedo darle una recompensa, porque se aferrará a ella. Vivimos en la era de los incentivos, y si recibe uno solo, creerá que obtendrá más con el mismo sistema. Nada de comunicación, nada de ponerse a su altura.

¿Qué me recomendaría Marcel? ¿Por qué cojones tengo que pensar ahora en Marcel? Necesito pistas. De las veces que juego a investigar con Iván, sé que lo mejor es empezar desde el principio. ¿Cómo empezó todo?

Recuerdo vagamente que A. dijo algo de un guion, insistió en que lo leyera. Vuelvo al ordenador. Busco su primer mensaje. Se ha sentido muy identificado con mi novela, blablablá. Mi respuesta dándole las gracias y... aquí está. Le gustaría que hiciéramos un proyecto juntos y me manda la sinopsis en un documento adjunto. Lo descargo. Puede estar cargado de virus, pero el peor de esos virus, en todo caso, siempre será él. Apenas queda vino en la botella. Miro si en la nevera hay cervezas. Nada. Sigo sin novedades de Iván. Me siento otra vez frente a la pantalla y el puro horror se apodera de mí.

Es la historia de un adolescente sin preocupaciones y sin deseos porque, como lo tiene todo, le ha faltado tiempo incluso para desear. Es guapo, un poco chulo, mal estudiante; las chicas de su clase están locas por él. A veces llega al instituto en una moto de gran cilindrada, aunque sea demasiado joven para llevarla.

También es la historia de una niña que envidia a otra.

La historia del adolescente se sitúa en los años noventa, y la de las niñas, a finales de los sesenta.

«Envidia viene del latín *invidere*», apunta A., «que está compuesta por *in* (ir hacia) y *videre* (mirar). Significa: poner la mirada en algo. Introducir la mirada en alguien».

El adolescente de los años noventa tiene éxito y despierta la envidia de sus compañeros, la pasión de sus compañeras. La niña envidiada de los sesenta saca buenas notas, y sus profesores la tienen en gran estima. Son el rebelde y la alumna ejemplar; el caradura y la responsable. Cada uno por su lado y a su manera, están destinados a que todo en la vida les vaya bien. Como no ponen su mirada en nadie, no ven lo que provocan.

Nada los relaciona. Sus vidas podrían haberse desarrollado de forma independiente, lejanas, ajenas. Pero un día, el padre del adolescente lo mata. También mata a su propia mujer y se suicida. La muerte siempre salpica, y hasta dónde alcanza la salpicadura es algo incontrolable. Una gota de sangre, no más. Una mancha imborrable en el puño de una manga que delata el crimen. Nadie parece inocente ni queda impune.

«Ante las opciones de tener lo mismo que su vecino rico o de que su vecino rico lo pierda todo, más de la mitad de los encuestados eligen lo segundo», escribe A.

Los padres de la niña que ya no lo es y del adolescente que nunca dejará de serlo eran socios, añade. Un socio asesina a toda su familia, el otro no. Y la cosa se podría haber quedado aquí. Pero la envidia es persistente como un perro de presa, un arma letal contra la calma. Así que la envidiosa huele la sangre de la salpicadura de aquel crimen y aquel suicidio. Va tras la envidiada hasta lograr que lo pierda todo. Fin.

Qué coño es esto. Releo la sinopsis una, dos, siete veces. Cómo lo sabe. De qué va este juego macabro. Llamo a Iván. El contestador salta inmediatamente. Estará desconectado o se habrá quedado sin batería. Mierda, joder. Este e-mail lleva ocho meses en mi bandeja de entrada. Por qué no lo leí antes. Y qué. Para qué. Qué cambia eso. Miro hacia la ventana, como si alguien pudiera observarme desde cualquiera de los edificios de enfrente. Cuando, de hecho, la verdadera ventana está aquí, en la pantalla del ordenador.

A. Firma A. A de Anónimo. A de Alejandro. La única vocal que hay en «fantasma».

Cálmate, me digo. Respira. Piensa.

Recuerdo aquel libro que mi abuelo quemó en Can Meixura, el que hablaba del caso y lo llamaba el Belga Absorto. Tal vez A. lo haya leído. Lo leyó cuando salió publicado o lo ha encontrado en una librería de viejo y ha atado cabos. El apellido de mi abuelo es mi segundo apellido. Hay gente que no tiene nada mejor que hacer que ir fisgoneando en las vidas de los demás, establecer relaciones que pasan desapercibidas para el resto del mundo. En cualquier caso, eso explicaría cómo sabe lo de Benito Vasconcelos y lo que le ocurrió a su hijo, el adolescente que lo tuvo todo menos tiempo para desearlo. Pero no la otra parte. La que afecta a mi madre. Eso no está publicado en ningún sitio, y nadie habla de ello porque se oculta bajo el tabú familiar.

Intenta recordar a quién se lo has contado. Quién puede saberlo, al margen de los implicados y sus abogados y el notario.

Vuelve a leer la sinopsis, me digo. A lo mejor crees que dice más de lo que dice en realidad. Eso suele pasar con el texto escrito: a uno le parece que entre líneas hay más de lo que hay. Solo es la historia de un chaval y una niña. Lee con atención. Pero no, está claro. Las fechas, el crimen, el vínculo improbable y a la vez inevitable. Lo repasas una y otra vez, y no hay duda. El anónimo ha descrito exactamente la historia secreta de tu familia.

Marcas el número de Iván insistentemente. En vano. Él podría ayudarte o, al menos, reconfortarte. Pero no está.

Entonces recibo un mensaje de un número desconocido. Solo dice: «*Aquí vaig ser feliç*». Firmado: A.

Antes de darme cuenta, me he puesto la chupa de cuero y estoy en la Meridiana, parando un taxi. Es muy tarde. Casi no hay coches en la avenida, solo la luz de los semáforos, el reflejo en el asfalto mojado porque ha llovido. Es octubre. El frío no llega hasta el primer lunes de noviembre, y ni siquiera entonces es frío de verdad. La humedad me penetra hasta los huesos.

El coche apesta a ambientador de pino. No me he maquillado y sé que cuando entre en la discoteca me sentiré poca cosa, vestida con los mismos tejanos y la camisa a cuadros que he llevado todo el día, rodeada de chicas espectaculares que fingen que hoy no es la madrugada de un día laborable, los focos de colores, la música que estaba de moda en los noventa y en los ochenta y cuando nací, la gente en la pista con los brazos levantados, las horas que pasan en un suspiro. Entre empujones, escaneo rostros desde la escalinata que baja a la pista de baile, me acerco a la barra, ojos desorbitados, coca en los lavabos, sonrisas de carmín, todo tan falso y tan repetido, el alcohol que se evapora, un tufo químico de Red Bull; y dónde está, entre torsos y manos que aguantan vasos de tubo mientras bailan, cuerpos muy próximos los unos a los otros, pieles que se rozan, perfumes confundidos, la preparación antes del coito, la danza de apareamiento, sudor en las axilas, axilas depiladas, y me abro paso hasta la planta de arriba.

Ellas llevan tacones; ellos, camiseta de manga corta ajustada. Viejos que quisieran parecer jóvenes, tíos con pinta de macarras, tías con pinta de putas. Suena Abba, o Pet Shop Boys, o Queen. Todos enloquecen y dónde está. A lo mejor no ha venido. Pero sí, le conozco, llevamos casi dos años viviendo juntos, conozco sus hábitos, aunque a veces con eso no basta. Había tantas cosas que no me gustaban de él al principio. Pero no era culpa suya: no me gustaban por el simple hecho de que él no era Marcel. O a lo mejor perdoné todo eso que no me gustaba, consciente de que no estaba siendo justa, lo comparaba con un ideal, cuando lo ideal habría sido amarle a él, que me salvó la vida, y no al otro, que me la destrozó.

Tengo que contárselo. Él sabrá qué hacer. Seguro que algún contacto suyo nos ayudará, descubrirá quién está detrás de A. Un hacker, un espía, un policía informático, un experto en descodificar la IP. Yo qué sé.

Tumulto de caras y cuerpos, orgía de extremidades iluminadas por los flashes de los focos de colores. Entonces, en un rastreo, mi cerebro lo detecta. No es que lo haya visto. Pero una prenda habitual (la camisa blanca arremangada hasta los codos), o su envergadura, o la postura, el modo en el que está apoyado en la barandilla asomado a la pista, su peinado, hacen que lo localice entre la multitud. Habla con una rubia. Ella no le hace demasiado caso. Iván tiene la mirada turbia, de haber bebido más de la cuenta. Desde donde estoy, no adivino lo que le dice. Le habla al oído, porque la música está muy alta, sin que su actitud sea exactamente la de un seductor.

Me acerco, le doy unos golpecitos en el hombro por detrás. Tarda en girarse, como si quisiera acabar de decirle lo que le está diciendo a esa chica. Por fin, se vuelve, y al verme, su expresión se transforma. Abre mucho los ojos y enarca las cejas. Pero no es tanto a raíz de la sorpresa como porque está cabreado.

—¿Qué coño haces aquí? ¿Has venido a controlarme? —escupe. Las palabras se le traban, las arrastra asqueado.

Su reacción me pilla a contrapié. ¿Controlarle? Yo no soy así. ¿Por qué piensa eso de mí?

—N-no —titubeo.

Entonces me doy cuenta de que no tengo nada preparado, no sé cómo contarle lo que acaba de pasar. Lo que empezó a pasar hace ocho meses sin que fuera consciente de ello. Lo que estaba guardado en mi bandeja de entrada. O lo que empezó a pasar cuando corté con Marcel. O antes, cuando salía con él. O antes, cuando decidí estudiar periodismo. O antes, una noche de mayo de hace catorce años.

Simplemente me he metido en un taxi para venir a

buscarle porque le necesitaba.

—¿Es que no te fías de mí? —farfulla—. ¿Crees que te soy infiel? ¿Es eso? ¿Quieres darme el parte?

Me quedo tan atónita que no sé reaccionar. Sigo negando con la cabeza, Iván, joder, que soy yo, que soy tu compañera, tu mejor amiga, la mujer con la que querías casarte no hace tanto, tu colaboradora en la investigación de algunos temas, tu confidente emocional, la persona que te apoyó cuando tus padres se separaron, a la que pediste ayuda mientras comíamos paella, a la que ayudaste cuando a los suyos les pasó lo que les pasó. *Tens els ulls vidriosos, vostè té els ulls vidriosos.* Soy incapaz de articular estas palabras que me taladran el cerebro y se anudan en mi garganta. ¿Cómo es posible que se haya olvidado de mí?

—¡Mira! ¡Mírame! ¿Qué esperabas encontrar aquí? —insiste él.

—Nada, hostia —respondo por fin—. Estoy de fiesta, como tú. Y te he visto y he venido a saludarte.

Doy media vuelta. Tiemblo. De rabia. Por haber entendido de golpe lo que en realidad siempre supe.

5. La ruina

De repente, lo nota. Crac. Un desgarro. No, peor. Una rotura. Está sentado con un viejo amigo del pueblo, le ha pedido que sea su abogado. Han estudiado juntos el registro, el catastro, el camino, el muro. Le ha asegurado que está todo claro, que podían reunirse con el secretario del ayuntamiento, y con el vecino. Que iban a ganar. Y aquí están, uno junto al otro, con la parte contraria delante. Mi padre le ha dedicado meses a la lucha, pero por fin va a conseguirlo. Se siente optimista y liberado. El encuentro será un mero trámite, comentaba su amigo abogado. Y luego, ya estará. El muro caerá y recuperarás Son Cors.

Pero entonces, con los papeles sobre la mesa, cuando ya notaba que la alegría lo iba devolviendo a la persona que era y se disponía a poner punto y final a esta maldita historia, su abogado, la persona en la que ha confiado para que lleve el caso, no dice lo acordado. Oye que dice: «El vecino tiene razón, este camino es privado y además le pertenece, puede construir ahí lo que quiera». Entonces ya no puede entender nada más. Crac. Ha sonado en su pecho. Pero en realidad está en su cabeza. No puede asimilar lo que acaba de ocurrir. No podrá comprender nada de lo que ocurra a partir de este momento, porque el mundo va por un lado, tan lejos, y su cerebro lo rechaza. Cómo es posible, cómo puede alguien hacer algo así, a él, un ser humano a otro ser humano. Todo está perdido.

Los demás sonríen, satisfechos, se felicitan. Abrazan al amigo falso de mi padre. Y quizá algún día averiguará que también estaba metido en el ajo. Al fin y al cabo, mi padre nunca ha vivido en el pueblo, solo veranea allí. Qué sabrá él de lo puteados que están todos en Fenassar, siempre los han tratado como a campesinos incultos, paletos; pues mira, ¿sabes qué?, se van a forrar con la urbanización, y tú, pijo de ciudad, ingenuo *llonguet*, no vas a joderles los planes por culpa de un camino y un muro. Esta es la ley de la selva, y si no te gusta, quédate en la civilización, a ver quién te has creído que eres para venir a dar lecciones de moral, si en el campo no aguantarías ni dos días, jajaja, ¿de verdad creías que te saldrías con la tuya? Aquí hay mucha pasta en juego, se la repartirán y listos. Qué fácil ha sido.

Tal vez descubrirá más adelante la trampa en la que ha caído. Pero ahora no. Ahora ha hecho crac. Lo ha oído perfectamente. No siente vergüenza, ni rabia, solo la caída, el vacío. No hay nada. Se acabó. Hace un buen rato que los demás se han levantado, dándose sonoras palmadas en la espalda, se van sin despedirse de mi padre, sin mirarlo, como si no existiera. Ni siquiera podrá coger el coche y volver a la ciudad. A su alrededor, todo se ha oscurecido. Está en el fondo de un pozo. Ya no recibe ningún tipo de información, todo rebota contra su cabeza y se pierde. No reconoce el entorno. Deja definitivamente de ser él.

Tarda más de un minuto en articular esta frase: «*Vos he arruïnat a tots*».

Sonrío al teléfono. Le digo que no, que de eso ni hablar. Él repite la misma frase dos, tres veces, como si estas fueran las únicas palabras que recordara, y aun así, le costara pronunciarlas, poco seguro de que sean exactas.

Vos... he... arruïnat... a tots...

Intento mantener la voz firme, para que no note que estoy llorando. Pero cuando me despido («*un beso molt fort, papà*»), me traiciona un quejido justo antes de colgar.

Al cabo de un rato, el móvil vibra. Es mi madre:

—Me ha dicho papá que estás llorando —y luego—: No te preocupes, ya está mejor.

¿Mejor? ¿Mejor que qué? ¿Mejor que cuándo?

—¡Incluso ha sido capaz de decirme que estabas llorando! —añade, como si fuera una gran proeza.

¿Desde cuándo mi padre es una ameba? ¿En qué momento se sumió en este estado catatónico que mi madre considera poco grave?

—Mamá, pero si articula una palabra por hora.

—Ya —responde alegre—, pero al menos ya habla.

¿«Al menos ya habla»?

Es viernes, Iván se ha ido de casa. Para siempre, quiero decir. Me ha dejado. O le he insinuado que se fuera, ya no sé. Noviembre ha empezado sin ganas. Mi madre, al teléfono, está diciendo que desde hace unos días papá también ríe. Un poco. Bueno, a lo mejor eso es mucho decir, pero ya sigue los programas de la tele en los que se subastan cosas o una pareja convencional, muy norteamericana, se compra un chalet para restaurarlo.

Mi padre se pasa todo el día en el sofá y ella tiene que recordarle que vaya al lavabo. Él se levanta, obediente, y de camino al cuarto de baño se detiene, desorientado en medio del pasillo, porque ya no sabe qué estaba haciendo. En la ducha, olvida si está entrando o saliendo. Entonces mi madre le pregunta si la toalla está húmeda o seca. Nunca sale de casa. Mi madre intenta que vayan a dar un paseo, pero él se agarra a las paredes para que no pueda arrastrarlo a la puerta. No levanta la vista del suelo, como si tuviera miedo de lo que le rodea y quisiera ser invisible.

Pienso: mi padre se ha vuelto un anciano. Pienso que ya nunca se va a recuperar, como Didi. Pienso: ¿adónde ha ido?

—¿Por qué dice que nos ha arruinado?
—¡No le hagas caso!
—Pero ¿por qué lo dice? —le pregunto a mi madre.
—Por todo lo que compró el invierno pasado. El coche, la cámara, las grabadoras, los sueldos que les pagó a Aminata y Ousmane. Por las denuncias, supongo. Le ha regalado Son Cors a la tía. No quiere saber nada de la casa, ni de su vecino, ni del muro. No quiere ninguna propiedad, aparte del piso en el que vivimos. Se siente culpable.

Yo también me siento culpable. Por haberle dicho hace unos meses que, o bien estaba loco, o era un cabrón. Me derrumbo en una silla del comedor y veo que Iván se ha dejado el tocadiscos. El primer regalo de cumpleaños que le hice.

—¿Qué dices de que le ha regalado Son Cors a la tía? —pregunto con un hilo de voz.

La vez que me contó que mis abuelos ponían a la venta

Can Meixura, estaba en este mismo comedor, en esta misma silla de Ikea, y me puse a llorar, bramando como una vaca, igual que si me hubiera dicho que mis abuelos habían muerto aquella mañana. Entonces mi madre contestó:
—¡Es su casa! ¡Pueden hacer con ella lo que quieran! Ya están muy mayores, Didi necesita que lo cuiden.
—¿Y no podíamos alquilarla?
—Es muy complicado —respondió ella—. Y no hables en primera persona del plural.
—¡Pero si es nuestra casa, mamá! ¡Yo prácticamente nací allí! ¡Es el lugar al que espero ir cuando viajo a Mallorca!
—No —aclaró ella muy pausada—. Es *su* casa, la casa de mis padres, la casa de Mamie y Didi, y pueden hacer con ella lo que crean más conveniente.
—Pero somos una familia, ¿no? ¿No tengo derecho a opinar? Además, ¿quién les dio la idea de venderla? Fuiste tú, porque odias el campo, por fin has encontrado la manera de quitarte la obligación de ir.
—Puedes opinar lo que quieras y ponerte como quieras —suspiró mi madre—. Vas a Can Meixura una vez al año, y solo pasas allí unos días en verano. ¿Te crees que una casa se mantiene sola? Hay que cuidarla, siempre hay cosas por hacer, es demasiado grande, y tú esperas que esté perfecta y esperándote para cuando vengas de Barcelona porque eres una nostálgica. El mundo no funciona así.
—¡No soy una nostálgica! Lo que pasa es que pienso en el futuro, algo que a los belgas parece importaros una mierda.
—No piensas en el futuro. Piensas en ti y solo en ti.

—¡Y tú piensas demasiado en tus propios padres y demasiado poco en tu única hija!

—Eres injusta. ¿Acaso no te pagamos la carrera en Barcelona? ¿No te pasamos un sueldo los primeros años para que pudieras alquilarte un piso?

—¡Esa no es la cuestión! ¿Para qué sirve que me hayáis formado, si no tendré donde caerme muerta?

—Pero si tú no quieres volver a Mallorca.

Esto ocurrió hace un par de años. Iván y yo aún no vivíamos juntos. El tocadiscos no estaba aquí, ni el tigre de peluche sobre la tarima que se acciona dando una palmada. La bilis me subía por la garganta y me parecía intolerable no volver a veranear en la casa de mi infancia. De *mi* infancia, la *mía*. Y no la de mis padres, ni la de mis abuelos, aunque en propiedad la casa fuera suya.

¿No dicen que la verdadera patria es la infancia?

Ahora mamá dice que papá le ha regalado Son Cors a su hermana porque no soporta lo que ha provocado.

—Pero ¿cómo, regalársela? ¿Y tú lo has permitido? ¡Si papá no está en sus cabales! ¡Si lleva prácticamente un año con el cerebro hecho un colador!

—De verdad, cariñito *meu*, a veces eres...

—Insoportable, ya lo sé. Todo el mundo está de acuerdo en eso. ¡La más insoportable del mundo!

—Sí, todo el mundo contra ti. Ya nos sabemos la canción —suspira mi madre.

—¡Pero es que me parece muy fuerte! ¡Una casa! ¡Regalada! ¿Te suena algo llamado «especulación inmobiliaria»? ¿Tú sabes lo que vale ahora mismo una casa en Mallorca? ¡Lleváis toda mi puta vida diciéndome que no me endeude, que nada de hipotecas, que las propiedades solo acarrean problemas! ¿Y cuál es el resultado? Una mileurista que va empalmando contratos precarios y cruza los dedos para que no le suban el alquiler del piso. Esperaba algo, no sé, algún tipo de seguridad. Algún futuro. Pero me estáis arrancando incluso el pasado. Un pasado idealizado, a lo mejor, pero por lo menos era algo.

Tras un largo silencio, mi madre dice:

—Estuve pensando en lo que comentaste cuando Mamie y Didi vendieron Can Meixura, eso de que la palabra *possessió* no era una casualidad. En Catalunya tienen masías, en Euskadi tienen caseríos, en Andalucía tienen cortijos. El lenguaje es importante, supongo.

Sorbo por la nariz. Cierro los ojos. Respondo:

—¿Sabes que en el siglo XIX hubo una ley de desvinculación de la tierra? Era para acabar con los grandes latifundios y que no se lo quedaran todo los nobles. En cualquier caso, el concepto también es significativo: desvinculación de la tierra. La isla es muy pequeña, mamá. Si perdemos lo poco que nos pertenece de ella, ese trocito nuestro, ¿qué nos queda? Ni Mamie ni Didi ni tú tenéis este sentimiento, porque habéis vivido en media Europa, y Mallorca solo es un lugar más. Papá parece haberlo perdido, porque se lo han arrancado de cuajo, como el hijodeputa del vecino arrancó todo lo que plantó. Y supongo que yo no puedo reclamar nada, porque ni siquiera vivo en Mallorca. Pero no tener adónde volver, un espacio que conoces y en el que te reconoces, no sé, para mí es angustiante. No me siento de ninguna parte. A fin de cuentas, todo es memoria, ¿no? Encima me siento egoísta por dar por hecho que tenía algo que, como dices tú, nunca fue mío.

—Cariño —contesta—, no tener adónde volver: crecer consiste en eso.

Ni siquiera nuestro pasado nos pertenece. Tampoco podemos regresar a él. No existe la manera de instalarnos en lo que ya quedó atrás, aunque nos engañemos con los recuerdos y a veces nos visiten los fantasmas, condenados a repetir siempre lo mismo, sin lograr hacerlo real, solo un reflejo, una sombra en la pared. Condenándonos a oír su lamento, el susurro de unos pasos, lo que podría haber sido, lo que tal vez fue en alguna otra parte.

También somos lo que perdimos. O quizá somos sobre todo eso.

La noche que fui a buscar a Iván a la discoteca, no volvió a casa. Ni a las seis de la mañana ni a las siete ni aquella tarde y no fue a trabajar. El director del diario me preguntó dónde se había metido y tuve que admitir, humillada, que no tenía ni idea.

—Pues a ver si conecta el teléfono, que estoy en un buen lío por su culpa —gruñó de camino a su despacho.

Alguna vez se había quedado a dormir en la redacción, en un pequeño sofá de escay que había en la sala de reuniones. Pero no era porque nos hubiéramos enfadado, sino más bien porque estaba saturado de trabajo, o para hacerse el interesante. No pisó la redacción aquel jueves, ni tampoco el viernes. Ni llamó ni vino a casa. Yo no tenía los números ni de su padre ni de su madre, pero tampoco sé si me habría atrevido a contactar con ellos.

—Estará de parranda por ahí —les decía a mis compañeros de trabajo en cuanto atisbaba un deje compasivo en su mirada—, menudo cabronazo, hacernos sufrir así. ¡Por su culpa llevamos dos días sin sacar una exclusiva!

Intentaban seguirme el juego, hasta que la broma quedaba tan forzada que era patética.

Cuando llegué a casa el viernes por la noche, me lo encontré saliendo de la ducha.

—Solo he venido a buscar ropa limpia, que llevo la misma desde hace tres días.

—Por mí, llévate toda la que tienes en el armario.

Asintió con un gesto que significaba «entendido», e hizo las maletas mientras yo veía la tele.

Habría sido tan fácil como ir hasta nuestra habitación (nuestra, porque ya no podrá volver a ser solo mía) y ponerme a llorar, o abrazarle, o montarle un número, gritarle que por qué hacía eso, a qué venía su chulería en la discoteca, cómo se le ocurría desaparecer así; contarle que en el diario todos preguntaban por él, explicarle que lo había pasado fatal esos tres días que no se había cambiado de calzoncillos. Joder, he estado pendiente del teléfono todo el rato, no he dormido ni un minuto, he tenido palpitaciones y todo, no entiendo qué está pasando, por qué de repente actuamos como si estos dos años no hubieran existido y no nos conociéramos. Decirle lo que siempre deseó oír de mi boca, te quiero muchísimo, pedirle que se quedara, vamos a intentarlo, no podemos dejar que los problemas de los demás nos afecten, somos amigos, ¿no?, has sido mi mejor amigo, nos admiramos; hace mucho, demasiado, que ya no follamos, echemos un polvo, ahora, fóllame ahora mismo, quiero sentirte tan dentro que no puedas salir de mí nunca, quiero que tu polla me llene y me muerdas la boca y lamerte y abrazarte y hacer que te sientas deseado otra vez y que hagas que yo me sienta única, y quitarme la ropa (él ya estaba desnudo, con una simple toalla alrededor de la cintura), y méteme los dedos mientras nuestras lenguas se llenan de saliva, y agarrarle fuerte el glande, y chupárselo, y esta es tu casa, es nuestra casa, quédate, no quiero estar sola, sola no puedo con todo, no me quedan fuerzas, estoy agotada, juntos somos grandes, Iván, podemos hacer grandes cosas, recuperemos la ilusión, hacerle olvidar cualquier preocupación, solo esta noche, y córrete dentro, corrernos juntos, como en los viejos tiempos, y llorar sobre la cama, y reírnos al mismo tiempo, y cuando él dijera tengo algo que contarte, yo responderle, ahora no, mañana, no esta noche, ya hablaremos, ser felices, una noche más, solo esta noche. Habría sido tan fácil.

6. Madrid

«¡Hostias, la flaca de mis sueños!» Dani acababa de aceptar mi solicitud de amistad en Facebook, y desplegamos esa vida que habíamos tenido desde que nos perdimos la pista. «Pues ando con una chiquilla que me aguanta desde hace ocho años ya, muy fuerte. Sin críos, me basta con los chavales a los que doy clase, unos fieras.»

No sabía si abordar el tema directamente o dejar pasar unos días hasta que recuperáramos la confianza de nuestra adolescencia. Pero como no había ningún indicio de que, una vez puestos al día, tuviéramos mucho que contarnos, preferí no andarme con rodeos: «Tengo que pedirte un favor».

Ni se lo esperaba ni le gustó. «¿Sigues obsesionada con eso?» Para ti es más fácil, vives en Madrid, te dedicas a la docencia, seguro que tienes algún modo de acceder a las listas de la clase de Alejandro Vasconcelos. Solo quiero el nombre de dos o tres compañeros suyos. O, en realidad, basta con uno. A partir de ahí, ya me las apaño, en serio. «Pero ¿qué vas a hacer con eso?» No lo sé aún. Bueno, sí lo sé. Contactaré con ellos. Quiero verles. «¿Vas a venir a Madrid? Porque si con esto tengo una excusa para que vengas, me lo pienso.»

Madrid. Dicen que en la infancia no existe la muerte. Que uno no la teme, solo finge que lo matan en el recreo y se deja caer con los brazos en cruz, cuando nada es de verdad, todo es juego. O la realidad finge ser ficción y viceversa.

También dicen que los niños se sienten más identificados con los cuentos de hadas que con la realidad, precisamente porque la distancia hace que entiendan esa realidad. Como todo ocurrió hace muchos muchos años, en un reino en el que había una princesa y un dragón, comprenden mejor qué es el peligro, el miedo, el coraje, la confianza, incluso la muerte, porque tienen la seguridad de que nada de eso les pasará a ellos. Eso solo está en las fábulas. Intentar suavizar las historias y hacerlas cercanas, evitar que el lobo se coma a Caperucita, por ejemplo, lo único que logra es que esos niños rechacen el relato, porque en lo posible se oculta el horror.

Antes de que mi abuelo se jubilara, y de que él y Mamie se mudaran a Can Meixura, mis padres y yo íbamos a Madrid cada Navidad. En junio, iba yo sola en el avión, con un cartel colgado del cuello. Madrid me daba miedo. Pensaba que cualquier coche podía explotar a nuestro paso. Lo veía permanentemente en las noticias. Coche bomba, banda terrorista ETA, tantos muertos, eran construcciones sintácticas usuales. También me daba miedo el metro, pero era distinto: era aquel ruido atronador lo que me intimidaba, el chirrido en las curvas, la oscuridad al otro lado de las ventanas donde se reflejaban los pasajeros, desconocidos que compartían conmigo un espacio del que no podíamos salir.

Una niña no tendría que imaginar cosas así. Una niña, cuando va en metro por primera vez, tendría que emocionarse, agárrate fuerte, mira qué rápido vamos, estamos surcando la ciudad, exclamaban mis abuelos al ver cómo el pánico se apoderaba de mí. Teníamos casas encima, decían, edificios y coches, ahora estamos pasando por la Puerta del Sol, y yo solo pensaba en qué sería de nosotros si todo eso se caía y nos aplastaba.

Había visto en las noticias a una niña sepultada en el lodo, después de que un volcán arrasara el pueblo colombiano en el que vivía. Pasó tres días atrapada entre los escombros, mientras los equipos de salvamento intentaban sacarla y la televisión retransmitía sin cesar las que serían sus últimas horas de vida. No hubo final feliz como en los cuentos. Yo tenía ocho años, y cada vez que íbamos en metro pensaba que podía pasarnos lo mismo.

Vamos por calles anchas que ni siquiera conozco. El sol de invierno alarga nuestras sombras. No recordaba que Dani fuera más bajo que yo, y al verle después de tanto tiempo, ha sido como en los sueños, en los que sabes que él es él, aunque él no tenga nada que ver con él. Y no me refiero solo al aspecto físico, sino al tono de su voz, a unos gestos que no sé si es que había olvidado o que entonces él no tenía, como una especie de chasquido que hace de vez en cuando con la comisura de los labios y que significa algo así como: no somos nada. Cada vez que lo repite, intento recordar si ya lo hacía cuando éramos adolescentes. ¿Y a quién se lo habrá copiado?

No es un tic, solo una pequeña manía, como quien dice *ehm* todo el rato. Yo, por ejemplo, sé que tiendo a frotarme la punta de la nariz. ¿De dónde sacamos los gestos y a partir de qué edad nos acompañan? ¿Lo harán siempre?

Ignoro si, bajo su elegante abrigo de cachemira, Dani llevará todavía camisetas de Megadeth. Tiene las espaldas anchas porque va a la piscina cada mañana. Al andar, se tambalea un poco, tal vez por tener las piernas cortas, lo que le da cierto aire chulesco. A su lado, me siento una huesuda desgarbada. Le preguntaría si estoy más encogida que en el instituto, porque ese podría ser otro síntoma de que tengo Parkinson, pero si se lo comento pensará que estoy loca. No hemos mentido. Al vernos, no hemos dicho «estás igual» ni nada de eso. Creo que los dos pensábamos en lo que debía estar pensando el otro. Le parecía tan guapa en el instituto... O eso decía, que yo era la más guapa y la que tenía más clase. ¿Y ahora? ¿Se nota que acabo de cortar una relación? ¿Que estoy viviendo el año más raro de mi vida?

—Te has vuelto maja —comenta tras uno de sus chasquidos.

—¿En qué sentido?

—Joder, que eras una borde de cojones.

Me vienen flashes a la cabeza. «Qué rancia eres, chiquilla», o «no se puede ser más seca», se quejaba cada vez que le daba un corte. Y le daba muchos. A él y a todo el mundo. Cualquiera que me dirigiera la palabra recibía un sopapo verbal. Me creía muy lista.

—Era una estúpida, ¿no?

—Sí, pero yo estaba hasta las trancas.

—Nunca he entendido por qué.

—Pues porque tenías un polvo.

—¡Dani! ¡Éramos adolescentes! Para los tíos, *todas* teníamos un polvo.

—No te engañes. Somos adolescentes toda la vida. Lo que pasa es que si no lo disimulas a partir de una cierta edad, eres patético.

Es curioso. No me reconozco en la niña que fui antes de llegar a Barcelona. De hecho, sigo sin reconocerme en la estudiante de periodismo que empecé a ser después. Es como si me hubieran trasplantado la memoria de otra persona y supiera que esa persona ha estado antes en el parque de Berlín por el que ahora paseamos. Como si supiera qué hacía mi otro yo cuando venía al parque de Berlín —sacar a Dalma con aquella correa extensible que hacía tropezar a las señoras despistadas— y supiera de qué conoce ese yo a Dani. Y sin embargo, soy incapaz de recobrar las emociones de esa persona, o de entender por qué guardaba tanta ira. Siempre estaba en tensión. A veces, ese yo del pasado resurge cuando discuto con mis padres, o cuando discutía con Iván estos últimos meses. Me posee el espíritu de quien fui, una borde, seca, rancia, cargada de sarcasmo, que sabe perfectamente dónde atacar para hacer daño y ataca sin que le importe nada herir a quien más quiere. Solo es un segundo. Un brote, enajenación mental transitoria. Luego vuelvo a ser la yo de ahora otra vez, y lo que acaba de ocurrir es más difuso que un sueño. Dadas las consecuencias del huracán que he provocado, está claro que no lo he imaginado y ha sido real. Me arrepiento enseguida, pero no lo siento. Me arrepiento racionalmente, pero no tengo ningún sentimiento o emoción. Es decir, es como si alguien hubiera actuado en mi lugar. Alguien que ya no soy yo, que dejé de ser yo en algún momento indeterminado, y que de vez en cuando reivindica su presencia a lo bestia. No puedo responsabilizarme de mis demonios, solo intentar dominarlos. Cuando fracaso, me frustro y les doy poder.

La cuestión es: ¿cuándo dejé de ser borde? ¿Al llegar a Barcelona, cuando entendí que tendría que socializar si no quería convertirme en una friki solitaria? ¿O al acabar la carrera y empezar a trabajar, cuando debes cumplir con unas normas sociales si no quieres que te echen? ¿O es algo más difuso y no tan evidente como la metamorfosis de las orugas o la serpiente que cambia de piel? Barcelona puede ser una ciudad muy cruel, sobre todo para el que viene de fuera, te recuerda lo duro que es no tener amigos. El periodismo también es ingrato. Si te felicitan, recela: seguramente hiciste un favor y no un buen trabajo.

Poco a poco, te vas adaptando a las situaciones, a los lugares. Hay una parte de ti que no quiere que la entierres. Pero hay otra que intenta que la olvides, por instinto de supervivencia. Mejor frivolizar un poco; si no, todo pesa. Y el caso es que, gracias a esa adaptación, sientes que encajas. Solo hasta cierto punto. Controlar el punto exacto de incomodidad es lo más difícil. Debes de mantenerlo para saber que no has perdido tu esencia, aquel espíritu rebelde que te hizo tan auténtica. Pero, a la vez, debes impedir que te avasalle. Si la incomodidad vence, mueres de agotamiento.

Han pasado más de veinte años desde la última vez que estuve en este parque, y tengo la misma sensación onírica que cuando he visto a Dani. La escultura del oso erguido, mi abuelo que finge tener conocimientos zoológicos y dice que es macho, y que el del madroño en cambio es una osa, mi abuela que sacude la cabeza a su lado y sonríe al exclamar: «*N'importe quoi!*». ¿Se quieren? Nunca me lo he planteado, pero parece que está claro. Siempre han estado juntos, desde niños, con el lapso de la guerra por medio. Ella se refugió en el sur de Francia, y él, no sé, nunca lo hemos hablado. ¿Qué tendría? ¿Once? ¿Doce años?

Volverían a verse a la misma edad que teníamos Dani y yo cuando nos conocimos. Y entonces, a lo mejor se enamoraron o a lo mejor siguieron esa lógica por la que bailabas con tus allegados, hijos de familias amigas. Bélgica es un país pequeño. El pueblo de mis abuelos, mucho más pequeño aún. Intento recordar algún gesto cariñoso entre ellos, una mano en la cintura, un beso. En vano. Y sin embargo...

¿Sabríamos besar si no lo hubiéramos visto en las películas?, preguntaba Marcel. Pensé en el final de *Cinema Paradiso*. En todos esos besos de película censurados. ¿Crees que durante el franquismo los españoles no se besaban?, le respondía. O antes de que existieran esas edulcoradas historias de amor en las que el beso es la máxima expresión del deseo cumplido.

El beso es la cata de los labios del otro. Vamos a conocernos. Si Dani y yo nos hubiéramos conocido en la época de mis abuelos, quién sabe, tal vez habríamos estado juntos hasta la muerte. Imaginármelo ahora me da risa.

—¿Qué pasa? —sonríe.
—Nada —me encojo de hombros—. Que es muy fuerte.

—¿El qué?

—No sé. Todo. Verte. Estar aquí.

Unos chicos juegan a baloncesto.

—¿Contactaste con la gente que te pasé? —pregunta.

—Mañana hablo con dos y a ver si me dan más nombres. Muchas gracias, Dani, en serio.

—Eres un poco tocacojones, tú. ¿Por qué no dejas que los muertos descansen en paz?

—Pues porque tengo la impresión de que no están en paz. Toda la vida nos han dicho que somos hijos de la Transición, que habíamos nacido en libertad y haríamos grandes cosas. Pero ¿y si en realidad fuéramos hijos de la corrupción y esa teórica libertad fuera nuestra condena?

—Flaca, no entiendo un pijo, pero si piensas tanto te saldrá humo por las orejas.

Vamos hacia la salida del parque.

—Quiero comprobar algo —le digo.

En la calle, hay grúas por todas partes. Le comento que en Barcelona es igual, veo siete grúas desde la ventana de mi habitación.

—¡El progreso! —exclama—. Los pisos son los nuevos puentes y pantanos.

—Nos vamos a la mierda. Lo sabes, ¿no?

—Tú siempre tan tremendista.

Enarco las cejas:

—¿Lo era?

—Una quejica. Te tomabas la vida con una seriedad increíble.

—¿En serio?

—Querida mía, el mundo nunca ha estado a tu altura.

Aquí está. El edificio donde vivían mis abuelos. Si no fuera por las coordenadas de la calle y el número, no lo habría reconocido. Es enorme, hay flores en casi todas las terrazas, y lo rodea un jardín en el que jugaba con otras niñas al elástico, es lo poco que recuerdo; ellas decían «jugar a la goma». Una estaba enamorada de Emilio Butragueño. La muy loca iba cada día al Santiago Bernabéu, que queda cerca, para ver si se lo encontraba, convencida de que acabaría casándose con él. Eran algo mayores que yo, y no me caían muy bien. De hecho, me asustaban un poco. Era una tímida patológica. Pero no quería disgustar a mis abuelos, que me las habían presentado para que no estuviera sola todo el día.

—El portero se llamaba Manolo —le digo a Dani.

Miramos a través de las cristaleras. El hall es gigantesco, con baldosas negras en el suelo. Manolo no está. No hay nadie. Había moqueta en los descansillos y en los pasillos que llevaban a los apartamentos. Parecía un hotel. De lujo, por supuesto.

El polvo en la moqueta y en los libros de las estanterías. Tal vez aquel fuera el olor que a veces reaparece en mi casa; no el de la moqueta, el de los libros en las estanterías de madera.

—Qué, ¿ya has hecho el ejercicio de nostalgia? —pregunta Dani.

—Pues es muy fuerte, pero no siento nada. Pensaba que me asaltarían un montón de imágenes del pasado, que me emocionaría, lloraría o algo, pero qué va.

—Los psicoanalistas no tienen ni idea.

—Es como si yo nunca hubiera estado aquí. Como si me dijeran: sí, tía, que venías cada Navidad y los meses de junio, ¿no te acuerdas? Y yo pensara, vale, pues si tú lo dices, será verdad. No es que no me lo crea. Pero me lo creería igual si me enseñaran otro sitio.

Los coches pasan por la avenida, mucho más ancha que en mi recuerdo.

—Vamos a tomarnos unas cañas, anda. Pero a otro barrio, por favor, que este pijerío me da urticaria.

—La asistenta de mis abuelos se llamaba Milagros —le contesto—. Era gallega, tenía las manos rosadas y regordetas, y Dalma la adoraba, porque siempre le daba un trozo de carne o de jamón, así, como si se le hubiera caído sin querer mientras hacía la comida. Por eso estaba tan gorda. Le pesaba el culo sin cola. Se la cortaron al nacer. Y las orejas, cosas del pedigrí. Hay que ser bestia. ¡Ostras! Y para que Milagros nos trajera el segundo plato y retirara los primeros, mi abuela hacía sonar una campanilla de plata que había en la mesa del comedor. ¡Milagros entraba por la puerta de servicio, que estaba en la cocina! ¡No había vuelto a pensar en todo eso!

De la cara de Milagros sí me acuerdo. De su sonrisa, que le achinaba los ojos, de su acento y sus *iños*, del delantal que solía ponerse y el carrito de la compra, de lo mucho que quería a la perra, de lo importante que fue en nuestra vida porque hasta mis quince años siempre estuvo ahí.

Y en cuanto mis abuelos se mudaron a Mallorca, desapareció.

7. Alejandro

—Es que a lo mejor con quien deberías entrevistarte es con los que conocieron a Benito, sus socios y tal, o el tío al que metieron en la cárcel, a ver qué te cuenta. El pobre Álex no tiene nada que ver con lo que pasó. Solo fue una víctima.

La grabadora está sobre la mesa, en una cafetería próxima a la plaza de Chueca. Son las diez y media de la mañana del día que la Constitución cumple veintinueve años, uno menos que nosotros. Paula lleva una cola de caballo, es guapa de esa manera un poco sosa en la que lo son las mujeres que han estado pendientes de su aspecto toda la vida. Al ver a Rubén, ambos se han cortado un poco. Les dije por teléfono que nos encontraríamos aquí. No es que de adolescentes coincidieran a menudo, pero tenían algo importante en común. Rubén era el mejor amigo de Alejandro; Paula, su novia cuando ocurrió todo. A ella se le han empañado los ojos y, tras un momento de desconcierto, se han abrazado torpemente. No habían vuelto a verse desde la adolescencia.

Hace un rato que hablan, y aún no tienen muy claro qué pretendo. Yo tampoco. Tal vez lo que quiero es averiguar si, de algún modo, ellos también son víctimas de lo que pasó. Quizá mi objetivo sea medir el alcance de la tragedia.

Paula está diciendo:

—Álex podría haberse matado en un accidente de moto. Habría sido casi lógico. O a lo mejor se la podría haber pegado conmigo y la muerta sería yo, como en la canción esa de Alejandro Sanz, ¿sabéis cuál os digo? Se le apagó la luz, tembló, y no llega la camilla, luché buscando una salida para ir a escuchar su corazón... Me encantaba Alejandro Sanz. ¡Qué horror! Y ya no sé si me gustaba porque me gustaba o porque se llamaba como Álex. Soy incapaz de escuchar aquel disco. La verdad es que éramos unos descerebrados. Sin casco y sin carnet, íbamos a toda castaña. Nunca me he sentido tan libre.

Se sirve agua con cierto nerviosismo:

—Me ponía en sus manos, me dejaba llevar. Estaba loca por él. El típico primer amor. Tampoco descubrimos nada, ¿verdad? Ni era la intención, aunque para nosotros todo era nuevo y perfecto. Habíamos planeado dejar de ser vírgenes el día de fin de curso, como en las películas de institutos y en *Sensación de vivir*. ¡Jajaja! Íbamos a dar el gran paso. ¿Veíais *Sensación de vivir*? ¿Odiabais a Brenda? Yo no podía con ella. En realidad, desde la distancia, todos los personajes eran odiosos, pero nos enganchamos a saco a esa serie. Brenda y Brandon. Hay que tener mala leche para ponerles unos nombres así a dos hermanos. ¡Menudos guionistas!

La cafetera resopla y les pregunto cómo se llevaba Alejandro con Benito Vasconcelos. Rubén responde:

—Mira, Álex admiraba a su padre. Tenían un rollo cojonudo. Y no me extraña, porque era el niñato más consentido del universo mundial. Le dejaban hacer lo que le daba la gana. Yo lo conocí prácticamente desde que nacimos, ¿vale? Casi que éramos hermanos de leche. Y me daba una envidia del copón. Lo típico: tenía los mejores juguetes, le dejaban irse a dormir tarde, podía ver pelis guarras en la tele que le habían puesto en su cuarto, no le daban el coñazo con los deberes, se iban de vacaciones a Mallorca… En su casa todo era una fiesta. Benito era un cachondo, Miren era un encanto. Coño, si es que formaban la típica familia perfecta. Hasta que pasó lo que pasó, cualquiera habría dado un brazo por estar en su lugar. Lo único es que, sí, era un desastre en los estudios. Y claro, alguna vez lo castigaban y se ponía hecho una fiera. Pero quién no. La típica bronca adolescente. Sin más.

Dos hombres entran y se sientan en la barra.

—Porque luego tenía cosas como muy existenciales, ¿no? —sigue Rubén—. Muy de flipado espiritual. Ahora no me acuerdo de ninguna, pero… ¡Ah, sí! Una vez, me enseñó una piedra. Sería tan grande como el puño de un adulto. Se agachó para cogerla y, como si fuera el cráneo de Hamlet, me dijo: «¿Te das cuenta de que el interior de esta piedra nunca ha visto la luz del sol? ¿Cuántos años tendrá? ¿Mil? ¿Un millón? ¿Mil millones? Tantas como este planeta, ¿no? Existe desde que existe la Tierra. Y su interior nunca ha sido tocado por el sol. ¿Qué hay dentro de las piedras?». La lanzó contra el suelo. Se rompió en dos trozos que dejaron a la vista su interior, que por fin fue tocado por la luz del sol. Se le iba la pinza.

»¿Creéis que es hereditario? —pregunta—. Que se te vaya la olla, quiero decir. Si tu padre pierde la cabeza en algún momento, ¿significa que tú también la vas a perder?

No sabes hasta qué punto me atormenta la idea, le contestaría. Y tal vez esta es la verdadera razón por la que ahora estoy aquí, la invocación de viejos espíritus. No somos sino un reflejo de lo que fueron nuestros padres, nuestros abuelos, nuestros antepasados. Heredamos, con las casas, el eco de sus fantasmas. Y con la genética quizá también heredemos sus demonios: las enfermedades mentales, físicas y anímicas, el recelo hacia el capitalismo de papá, la posibilidad de que, paradójicamente, sea la lucha contra el mal la que acabe arrastrándonos al infierno. En parte porque me han educado así, me cuesta entender a los que no lo darían todo por un ideal; siempre que ese ideal no sea económico. Si lo es, saltan las alarmas, levanto reservas y murallas. Y en el caso de que no sea cierto que heredamos todo esto, en el caso de que nuestro pasado no tenga por qué condicionar nuestro futuro, creemos sin embargo ver aquel reflejo en el espejo que son los demás.

Cuántas veces me ha parecido reconocer a Benito Vasconcelos en determinadas actitudes de Iván, en su simpatía pletórica, ese derroche tan deslumbrante que parece adrede para que nadie pueda vislumbrar qué se esconde en la sombra. Pero, por otro lado, es posible que este paralelismo venga dado por algún tipo de prevención adquirida en casa. Entonces el recelo sería injusto e infundado, porque: ¿y si Iván no tiene nada que ver con Benito? ¿Y si lo que he deducido durante el tiempo que hemos salido juntos no ha sido más que una mala interpretación, inducida por lo que le pasó a mi familia, aunque fuera de rebote? ¿Por qué me he fijado tanto en su inclinación hacia el dinero y he despreciado el afecto con el que me trataba? ¿Por qué me forcé a enamorarme de él, cuando él me lo ha puesto todo fácil y nunca me ha obligado a nada, solo me ha invitado a acompañarle; cuando me ha entendido mejor que nadie, o en todo caso ha hecho que me sintiera así? La paciencia que invento heredada de su madre, la ambición de ser rico que invento heredada de su padre, la devoción que tenía por mí al principio, cuando no me conocía, hasta que poco a poco se fue hartando de mis rabietas y mis malas caras y me llamaba Mr. Hyde.

He permanecido en estado de alerta, casi sin darme cuenta, desde el día que me confesó su adicción al juego. En mi subconsciente, eso significaba que le gustaba el dinero y que habría hecho cualquier cosa para obtenerlo. También quería decir que yo no sería su prioridad, siempre estaría en un segundo lugar. O en tercero, si me ponía tras su pasión por el periodismo. En el cuarto, desde que le dije que no tenía intención de formar una familia. Yo iba perdiendo puntos a medida que me conocía. Pero, de algún modo, me veía capaz de cambiarlo, de salvarlo. Me había pedido ayuda mientras nos comíamos aquella paella en Palamós. ¿Y acaso su madre no había buscado mi complicidad, cuando su padre decía que les gustaba ser pijos? ¿Lo entendí mal? «Eras supermoralista», me dijo Dani al vernos ayer. Y recordé que también quise salvar a Marcel, sin tener en cuenta si él quería que lo salvaran de nada. ¿Y de dónde sale esta necesidad? Lo sé perfectamente. Lo sé cada vez que mi padre me mira con ese reclamo de amor en sus ojos. En el fondo sé que, tanto a Marcel como a Iván, les he suplicado, no, les he exigido ese mismo amor. Necesitaba ser la primera, la imprescindible, que me adorasen así como soy, sin adaptarme a ellos ni aceptar, de hecho, como son. Era un reto. Al entender que no lo conseguiría, me protegí convenciéndome de que no valía la pena. Buscaba excusas. Pero si lo hubiera logrado, los habría rechazado de todos modos, segura de que no podría corresponderles.

No he sido objetiva. Si no acabas de entender algo, es mejor que no saques conclusiones, porque puedes equivocarte. He querido dejarme llevar, como hacía Paula en la moto de Alejandro, entusiasmada. Lo he querido con todas mis fuerzas. Pero no era capaz. Porque tenía miedo. Un miedo terrible al espectro que me parecía ver detrás. Como cuando los niños entienden que lo que se relata en los cuentos de hadas no pasó hace mucho tiempo en un país muy lejano, sino que pasa aquí, cada día, y les podría pasar a ellos si no van con cuidado.

¿Y era real? Aquel monstruo que poseyó a Benito Vasconcelos, ¿acecha realmente a Iván, o solo está dentro de mí y por eso creo reconocerlo en todas partes? ¿Cuál es el origen de mi interpretación: el prejuicio, la aprensión o el presentimiento? Y hasta qué punto es así por lo que me han transmitido, aunque no se hablara de Benito Vasconcelos, o precisamente porque no se habló. ¿Qué dan más miedo, las sombras o las figuras que las proyectan? ¿Es Iván como lo he visto y descrito o no se parece en nada? Al fin y al cabo, siempre proyectamos; la manera que tenemos de mirar a los demás nos define. ¿Y si en realidad él es una mezcla de lo que quiero que sea y lo que temo que sea? ¿Y si nunca he sabido mirarlo como correspondía y se merecía? Sea como sea, ya no podría verlo de otra manera.

Rubén está diciendo que el gen de la inteligencia se transmite a través del cromosoma X, y como los hombres solo tienen un cromosoma X, son menos flexibles que las mujeres, que los tienen por duplicado y se compensan.

—El cerebro de los tíos está menos protegido ante una deficiencia o una mutación del cromosoma X, por eso hay más autistas, daltónicos y hemofílicos. Como las tías tienen dos cromosomas X, uno puede corregir al otro si sale defectuoso, son más equilibradas. Según las estadísticas, el número de deficientes es mayor entre los hombres. Y también lo es el número de genios y de superdotados. Es decir, la inteligencia media entre tíos y tías es la misma, pero la dispersión es mayor entre los tíos. Los tíos son más impulsivos, por la testosterona y tal, y más competitivos, ¿no? Tienen que ser unos ganadores porque, si no, están jodidos. Necesitan más actividad física que las tías, son más agresivos. Leí que tienen más posibilidades de morir por asesinato, suicidio o ahogamiento, porque son más extremos. Y sus asesinos también serán hombres en la mayoría de los casos. A las mujeres quizá no las matan tanto como a los hombres, pero sus asesinos serán igualmente hombres.

Al notar que se está desviando, tuerce una sonrisa:

—Quiero decir que Benito era un puto *winner* de cojones, ¿vale? Y tú ya veías que Álex no tenía el mismo espíritu. No te diré que era un vago, porque no es eso. Pero pasaba bastante de todo. O sea, no sé si el carácter va por el cromosoma X y se transmite por la madre o es adquirido. En todo caso, Miren era un pedazo de pan.

Paula remueve el té con aire pensativo y duda antes de hablar:

—A ver, lo que diré ahora es un poco... Rubén, yo no sé si te diste cuenta, pero a mí me parecía que Álex y su madre... O sea, que tenían una relación como muy estrecha, ¿no? No en un sentido íntimo rollo incesto, ¿eh?, ahora tampoco quiero que penséis no sé qué. Quiero decir que lo trataba como si fuera un niño pequeño, casi como si fuera su bebé. Suyo y de nadie más. Como si no quisiera que se lo quitaran. A veces... Me da un poco de cosa decir esto, ¿vale? Pero a veces me pregunto si no era una manera de protegerlo. Después de todo lo que pasó, piensas: ay. Pistas. Crees ver pistas en todas partes. Indicios. A lo mejor vivían con miedo. Lo vemos cada día en las noticias. Mujeres que no se atreven a denunciar y...

—Ni de coña, Paula, en esa casa se llevaban todos de puta madre —le interrumpe Rubén.

—¿Sabéis qué es el síndrome de Medea? ¿Habéis leído a Eurípides? Bueno, da igual, yo tampoco. Cuando matas a tus hijos para vengarte de tu ex: eso sería el síndrome de Medea. Luego Benito no soporta lo que ha hecho y se suicida. A lo mejor... Yo qué sé, a lo mejor ella le ponía los cuernos con otro, ¿no?, y él está hecho polvo por lo de las deudas, y de repente no lo soporta más, y odia a su mujer que, en vez de apoyarle, ha decidido dejarle porque tampoco aguanta que esté siempre preocupado y trabajando, y amenaza con llevarse a Álex, ¿no? Y él dice, eso será por encima de mi cadáver, ¡y por encima del tuyo también!, y bang, bang, todos muertos.

Rubén salta:

—Las pistolas. Eso también fue bestia. Saber que Benito tenía pistolas en casa. Eso sí que me descolocó, del palo: ¿cómo? Yo no he visto una pistola en mi vida. O sea, sí, en la tele, ya me entendéis. Pero es que las tienes que comprar. Tienes que comprar munición. Tienes que cargarlas. ¡Hay tantos momentos en los que puedes echarte atrás! ¿Y de dónde las sacaba? Es ilegal tener armas sin permiso. ¿A quién se las pidió? Tuvo que ir al mercado negro. ¿Y cómo conocía el mercado negro? ¿Y cuánto tiempo las escondió? Las cien mil millones de veces que fui a esa casa, ¿las pistolas estaban ahí? Los primeros días no podía quitármelo de la cabeza: tienes que aprender a meter las balas en el cargador, a quitar el seguro.

—¡Tienes que apuntar y disparar! —grita Paula.

—Y luego también está lo del retroceso, ¿no? Que si no la coges bien, te puedes hacer daño en el codo y la muñeca…

—Me pasé años, ¡años!, dándole vueltas. Y siempre tuve la impresión de que había algo que se me escapaba. Que se nos escapaba a todos. Se lo preguntamos a Álex, un día que hice una *ouija* con unas amigas: ¿te sentías amenazado por tu padre? ¿Te pegó alguna vez? Pero él solo decía «te quiero», «os quiero». Pura sugestión, supongo. Movíamos el vaso para que dijera lo que queríamos oír, y únicamente lo que nos atrevíamos a asimilar.

Rubén se acerca la taza de café a los labios, pero no bebe:

—¿Sabéis lo que creo? —dice—. Que la cuestión es que Álex no era como Benito.

—¿Qué quieres decir?

—Que no tenían nada que ver. Benito era un crack de las finanzas, su cabeza era una puta calculadora, ganaba pasta sin parar. Ahora sabemos cómo, pero entonces simplemente pensábamos que era un currante, uno de esos que se ha hecho a sí mismo. Era el orgullo de la familia. A Álex se le caía la baba con él. Veías a Miren y estaba superenamorada. No voy a justificar lo que hizo, ¿vale?, porque fue una atrocidad. Pero imagínate que vienes de la nada. Ya nadie se acuerda de eso, porque tus relaciones son otras, gente que ha tenido pasta toda la vida y no sabe lo que es empezar de cero. En mi casa ha habido pasta siempre y, como en la mía, en casi todas las de ese instituto. Seguro que en la tuya también, Paula.

Ella frunce los labios, como si nunca hubiera pensado en ello.

—Sin pasarse, no jodamos: clase media-alta, que ya está bien —intenta convencerla—.Vale, no sé de qué clase venía Benito porque, en cuanto mueves dinero, a nadie le importa. Pero se notaba que estaba contento consigo mismo. Contento no significa satisfecho. Esa es una forma de conformismo, y si se hubiera conformado, habría parado. Él era ambicioso. Además, ¿dónde está el límite? Si puedes seguir ganando dinero, ¿para qué dejarlo? Yo creo que Benito... A mí me parece que Benito creía que nadie le quería por su manera de ser, sino por lo que tenía. Le gustaba gustar. Era generoso. O mejor dicho, espléndido. Generoso es el que ofrece lo poco que tiene; el espléndido pretende impresionar con sus regalos. Bueno, pues él impresionaba a todo el mundo, especialmente a su mujer y su hijo. Los tenía en un pedestal, los trataba como reyes.

Arranca un cuerno del cruasán y lo moja en el café:

—Álex no heredó la competitividad de su padre. Yo casi vivía en su casa. Nos pasábamos horas encerrados en su cuarto, viciándonos a los *Lemmings* y al *Shadow of the Beast* con la Amiga 500. Bueno, pues ahora imaginad que lo tenéis todo, ¿vale?, porque os lo habéis currado. Con buenas o malas artes es otro tema. Un chalet de puta madre, una pasta gansa, una familia perfecta y muy buena reputación. No voy a justificarlo, insisto, pero llevo años intentando entender qué pasó, y más o menos me hago una idea. A lo mejor es porque no tengo críos. La gente me dice que, si tuviera hijos, no lo entendería, porque matar a tus propios hijos es inconcebible. No sé qué decirte. Si el tal Eurípides ya hablaba de ello, es que será más habitual de lo que creemos. Seguro que Benito estaba muy jodido. O se puso mal, yo qué sé cómo funciona un cerebro humano. Lo que digo es un intento por comprenderlo, ¿de acuerdo? No me toméis por lo que no soy, que con el rollo políticamente correcto, cualquier cosa que digas puede ser utilizada en tu contra. Además esto está grabado. A ver. Pon que has conseguido todo eso a lo que siempre habías aspirado. Que a tu mujer se le hace el chichi pepsicola cuando te ve y tu hijo babea por ti. Eres un narcisista de la hostia, y en el fondo sabes que haces trampas. Llevas un montón de tiempo sabiéndolo. Eso no te preocupaba al principio, ¿quién no hace trampas hoy en día? Quien algo quiere, algo le cuesta, y los remordimientos son para los cobardes que no tienen cojones de arriesgarse. El mundo funciona así, y no vas a ser tú quien lo cambie. O te adaptas y te aprovechas, o renuncias.

»Benito no era de los que renuncian. Se arriesgó, ganó, pilló confianza, siguió arriesgándose y no pasaba nada. Su vida era aún mejor de lo que había imaginado. En realidad, no creo que pensara que hacía nada ilegal. Bueno, ilegal a lo mejor sí, pero no era grave. Al contrario, era positivo porque favorecía la economía del país. Estaba ayudando a empresarios punteros que necesitaban un empujón. Tú negocias con los inversores, les animas a que pongan pasta en esas empresas, y esperas ganancias y una comisión. A fin de cuentas, eres un intermediario. ¿Qué podía salir mal? Me dirás que los impuestos y tal. A ver, que en los años ochenta y noventa ni dios pagaba impuestos, solo los tontos, los ingenuos, los pobres de la clase media-media. Es que no te pillaban ni de coña.

Se limpia la boca con una servilleta de papel:

—¿Sabéis qué es la vergüenza? Es la turbación del ánimo causada por la conciencia de alguna falta cometida, o por alguna acción deshonrosa o humillante. Ignominia significa pérdida de nombre. Dejas de ser quien eres, la comunidad te repudia, te quedas sin dignidad. Hay quien considera que la vergüenza es la emoción que nos recuerda que somos finitos. El sentimiento surge de una evaluación negativa del yo. Entonces uno tiene ganas de esconderse, de que no le vean, tiene ganas incluso de desaparecer.

—En la carrera estudiamos que la función de la vergüenza es mantener la coherencia y el poder en el seno de un grupo tribal o familiar —dice Paula—. Y que se puede manipular para conservar un poder determinado. Por ejemplo: el pudor sería un tipo de vergüenza que mantendría la represión sexual. De ahí vendrían las convenciones sociales, las formalidades, etcétera. Fijaos en que el catolicismo dice que nacemos en pecado, y nos obliga a alejarnos de nuestra tendencia natural hacia la propia corrupción, no debemos corrompernos.

—Exacto —responde Rubén—. En el mundo de las finanzas, la vergüenza ética no tiene cabida, porque sería el fin de la riqueza. El dinero da poder y el poder manipula este sentimiento, normalmente a través de la autojustificación: es que si no lo hago yo, lo hará otro, esto no es exactamente robar, la vida son dos días, estamos todos metidos, lo hago por mi familia, blablablá. Benito formaba parte de un sistema, y durante años creyó que sabía dominar ese sistema. Parecía fácil. De repente, se sintió estafado. No era tan fácil. Le debían miles de millones y era imposible recuperarlos. Él pensaba que formaba parte de un grupo, que incluso dominaba ese grupo, y ese grupo se había estado riendo de él. ¡Qué vergüenza!

»No vergüenza porque descubrieran que había hecho movimientos ilícitos, ni porque iba a ser expulsado del mundo de los privilegiados, ni porque había engañado a sus trabajadores y todo saldría a la luz, o porque iba a pasar una temporada en la cárcel. No. La vergüenza venía de que le habían timado. Te crees muy listo, ¿eh? Crees que estás rodeado de los tuyos, que compartís un código y habláis el mismo idioma. Pues no. Siempre habrá alguien más desvergonzado que tú, más arriesgado que tú y (hay que joderse) más inteligente que tú.

»Eso es lo que pudo con él. Humilla a un narcisista, enséñale que el tío que veía reflejado en el estanque y de quien se enamoró ha dejado de ser él. Dile que todo el mundo va a verle como ese nuevo ser sin nombre en el que se ha convertido. Que las amigas de la mujer a la que adora le van a hacer el vacío. Que a ese hijo al que se lo ha dado todo se le va a caer un mito. ¿Existe mayor humillación que el destierro? Porque eso es lo que harían con Benito, expulsarlo del paraíso. Vende la casa, matricula a Álex en un centro público, ingresa en prisión y sigue en deuda por los siglos de los siglos. Era demasiado.

Perder el nombre, dejar de ser quien eres. O quedar en evidencia, que todo el mundo vea quién eres en realidad. Estas ideas retumban en mi cabeza como la voz de los fantasmas en las paredes de las casas familiares. La calle se despierta con una alegría de barrio en día festivo. Le pregunto a Paula si ella es la chica que se desmayó en el entierro.

—No. De hecho yo no lloré. Me quedé tan en shock que no podía. No podía asimilarlo. Aquella fue Laura, que era muy dramática. Además, llámame malpensada, pero a lo mejor quería dárselas de viuda, como sugiriendo que tenían un lío en secreto, o algo así. Podría ser. Jamás lo habría dicho entonces, siempre creí que Álex estaba colado hasta los huesos por mí y que no me pondría los cuernos. Pero quién sabe. En realidad nadie conoce a nadie, ¿verdad? Quedó claro en su propia familia. A mí lo que más me flipa es eso. O sea: desde fuera, todas las familias son iguales, como el principio del libro ese, Tolstói, ¿no? ¿*Anna Karenina*? Y luego, mira.

»Se habló mucho del padre de Álex. Incluso se habló del caso Vasconcelos, que no se refería a lo que había hecho, sino a todo lo que se destapó a raíz de eso. Hubo pánico. Pero no a que nuestros padres fueran unos psicópatas y pudieran matarnos, sino a todo lo que acabaría saliendo a la luz. A mí eso me daba mucho asco. Mucha rabia y mucho asco. O sea: habían asesinado a mi gran amor, y aparecían deudas por aquí, trapicheos por allá, pérdidas millonarias, quiebras, negocios que se iban a pique, empresarios que entraban en la cárcel. Temblaba la economía del país, como si eso fuera lo más importante. Los periódicos sacaron noticias sobre el tema durante años. La tele también. ¿Y Álex qué? ¿Y su madre qué? ¿Y yo qué?

Mira el fondo de la taza, como si allí estuviera la respuesta. Después nos mira a nosotros:

—Os parecerá egoísta, ¿no? Una familia entera asesinada, un caso de corrupción sonadísimo, y yo solo preocupada de mí misma. La pobre novia virgen con el corazón destrozado.

—Es normal —murmura Rubén.

—¿Dices que has escrito una novela sobre treintañeros? ¿Y cómo nos pintas? —me pregunta Paula—. Me encantaría saber cómo sería Álex hoy. Supongo que insoportable. ¿A qué se dedicaría? No puedo imaginármelo.

Distraídamente, Rubén va despedazando la servilleta y haciendo bolitas de papel minúsculas:

—Ostras, a mí lo que me deja KO es que Álex ni siquiera llegó a saber qué es internet. Es que hasta el puto Kurt Cobain murió un año más tarde, y parece que haga la tira de tiempo. En cambio, es como si Álex hubiera muerto ayer.

—Se ha quedado para siempre ahí, un Peter Pan, mientras yo voy creciendo como Wendy y le voy olvidando, aunque no le olvidaré nunca. O sea: ya no estoy siempre pensando en él, llegó a ser una obsesión. Quiero que vuelva, quiero que vuelva, necesito que vuelva. Y no. Tuve bulimia. Quería morirme para estar con Álex. Mis padres me enviaron al norte de Inglaterra para que cambiara de aires. Piensa que aquí los periodistas nos tenían fritos. Lo siento, pero tu profesión puede ser horrible. Carroñeros. No mostraron ni pizca de compasión por nosotros. Si incluso vinieron al funeral y éramos menores. Fue muy desagradable.

—Gentuza. Fue repugnante.

—La sombra de Peter Pan. ¡Qué cursi os parecerá esto! Pero es un poco así. ¿Os acordáis de cuando, de pequeños, nos imaginábamos en el año 2000? ¡Tendré veintitrés años, seré mayor! ¿Estaré casada? ¿Tendré hijos? Nosotros decidimos que viviríamos en la isla de Kiritimati, para ser los primeros en ver el año 2000. Da igual. A lo mejor lo estoy idealizando todo. ¡Y cómo no voy a hacerlo, si viví el típico amor romántico, con muerte incluida! Y sabéis qué. Que es una mierda. En los libros queda muy bien y eso. En la ficción, el drama mola. Te da una buena historia. Pero la verdad es que es horrible. En la realidad, digo. Es una putada. Supongo que tendría que escribir sobre aquello. Si supiera, lo haría.

—Es que nos cambió la vida. Todo tu mundo se va a la mierda. Las cosas que dabas por seguras, tu casa, tu gente. La casa es refugio, ¿no? Es cobijo. Cuando juegas al escondite, ¿dónde te salvas? En casa. Se supone que los padres quieren y protegen a sus hijos, no van por ahí matando a la familia.

—Era como: ¡es que no puede ser! Y después de todo, creo que hemos acabado bastante bien, dadas las circunstancias.

—La forma en la que lo llevas es fundamental —dice Rubén—. Tu gente, si sabe tratarlo, ayuda mucho. El mismo hecho, en dos entornos diferentes, puede tener consecuencias diametralmente opuestas. Podríamos habernos drogado, y no.

—Pero qué dices. ¡Si éramos unos críos!

—¡Pues por eso lo digo! Ya fumábamos porros. Bueno, Álex y yo fumábamos. Podría haberme pasado a las pastis o yo qué sé. Y vale, luego me metí algún tripi en la uni, pero por otros rollos.

—Nos tenían controladísimos. Nuestros padres, los profesores, los psicólogos. Porque nos obligaron a ir al psicólogo. Faltaban dos semanas para los exámenes, y nos aprobaron a todos. Qué menos, si no nos podíamos concentrar.

Bebe agua y continúa:

—Conocíamos a Benito. Bueno, yo lo conocía poco, pero Rubén lo conocía desde pequeño. Entonces era como... ¿Por qué, de repente, hizo lo que hizo? Dicen que tuvo un brote. Pero ¿se tiene un brote así como así? ¿Significa eso que todos los padres del mundo, cuando tienen un brote, pueden matar a sus familias? Y si estaba tan agobiado por las deudas..., oye, pues suicídate, pero no decidas por los demás, ¿no? Los enterraron a los tres juntos. ¿No es irónico? O sea: que cuando quieras visitar la tumba de las víctimas, tengas que encontrarte con el nombre del asesino grabado en la misma lápida. Juntos para la eternidad. ¿Por qué? Pues porque son familia y papi construyó un panteón familiar.

—¿Estás segura de eso? —pregunta Rubén.

—Creo que sí. O a lo mejor me he montado una película. De todos modos, no importa. No he vuelto a poner los pies en ese cementerio. Soy incapaz de pasar por delante del instituto. Y si por casualidad tengo que ir a algún sitio que quede cerca de la casa de Álex, doy toda la vuelta para no verla, aunque sea el camino más largo. Imagino que los terapeutas dirían que esta no es la mejor manera de superarlo, pero a mí me da igual. Hasta ahora me ha ido bien así. Ya ves tú, qué tontería, después de... casi quince años. La mitad de mi vida.

¿Has ido al chalet? La dirección salió publicada en todas partes. ¡Todo salió publicado en todas partes! Incluso hubo fotos con la cinta esa de los atestados en la puerta. Parece de película. De CSI. A mí me alucina, en las series, lo fácil que se repone todo el mundo. Matan al novio de una y enseguida se recupera, como si nada hubiera pasado. Vale que el guion tiene que continuar y no se pueden detener en cada uno de los secundarios. Pero en esta historia todos somos secundarios.

—Dicen que, en un primer momento, Benito pensó solo en suicidarse; entonces no le acosaba la vergüenza tanto como las ganas de venganza. Los que le debían dinero se iban a joder pero bien cuando lo vieran muerto. Arrastrad vuestra culpa, cabrones. ¿Creíais que podríais conmigo? ¡Pues apareceré en vuestras pesadillas hasta el día de vuestra muerte! Tenía asumido que él no podría seguir. Se veía acorralado, entre la espada y la pared. Y luego...

—Ya, pues mátate tú, joder. ¡Deja a los demás en paz!

—Ten en cuenta que Miren y Álex dependían de él. No me refiero solo económicamente. Benito era el pilar de la familia. Debió de pensar que sin él... Que no saldrían adelante. Desde nuestra perspectiva parece un razonamiento estúpido, pero él se consideraba el centro de su particular universo doméstico, y si muere Dios, ¿qué pasa con su creación? Si Benito hubiera creído que eran más fuertes..., capaces de aguantar lo que se les vendría encima cuando él ya no estuviera...

La grabadora recoge un silencio de cucharas y platos al fondo, antes de que Rubén retome la palabra:

—Estoy especulando. Lo hacemos todos. Lo hacemos desde 1993, es enfermizo. Y cuando crees que la historia ya está enterrada y olvidada, de repente llegas tú y se remueve todo otra vez. Lo jodido es saber que claro que habrían salido adelante, claro que habrían sobrevivido. Y les habría ido bien. Bien, dadas las circunstancias, quiero decir. Pon que Benito se suicida cuando Álex está en clase y Miren, yo qué sé, por ahí. Lo encuentra la asistenta. Es un drama. Luego se destapa lo de las deudas y eso. El drama ya es un dramón. Pero ¿sería una vergüenza para Álex y Miren, como él pensaba? ¿Se sentirían humillados? ¿Dejarían de querer a Benito por eso? ¡Qué va! Aun si se juraran a sí mismos que no le perdonarían nunca por haberlos dejado solos, acabarían perdonándole. De hecho, incluso yo tiendo a perdonarle, aunque asesinara a mi mejor amigo, a su propio hijo. O si no a perdonarle..., a entenderle, en parte. Lo intento porque si no es insoportable.

—¿Entenderle? ¿Cómo puedes entender a un monstruo así? ¿Cómo puedes querer entenderlo? —suelta Paula.

—Mira, la vergüenza está muy vinculada a la culpa. Y existe una vergüenza de clase, que puede ser también una culpa de clase. A nadie le importa si eres buena o mala persona, lo que importa es la clase social a la que perteneces, la pasta que tienes, el lugar en el que vives. Unos te odiarán y otros te respetarán solo por tu estatus y tu cuenta corriente, al margen de cómo seas. Eso puede atormentarte o no. De nada servirá la gloria que hayas sembrado si tu final es patético. Y con final no me refiero a la muerte, sino al fin de tu reputación, al descenso a los infiernos, a convertirte en un paria. De qué sirve lo mucho o poco que te conozcan si son incapaces de reconocerte. No sé. A mí me da que Benito no pudo con eso. ¿Fue injusto? Sin duda. No solo con respecto a su mujer y a su hijo, también consigo mismo. Pero además fue injusto con su percepción del mundo, con todo lo que le rodeaba y no era él. Aunque, si lo piensas, ¿quién logra ser justo cuando está avergonzado? Sentenció su culpa e impuso su castigo, el más terrible de los que existen.

Paula repite:

—En esta historia todos somos secundarios. Los protagonistas están muertos.

El olvido

Esta vez no me entero por la prensa ni por la televisión, sino antes, a través de un antiguo compañero del periódico en el que Iván y yo trabajábamos juntos. Han pasado diez años desde entonces. Diez desde que publiqué mi primer libro, diez desde la historia del muro y desde que Iván se fue de casa; yo tampoco vivo ya en aquel piso de La Sagrera.

Poco después de separarnos, lo despidieron. Hartos de que se les adelantara con las exclusivas y conscientes de que era un temerario que no siempre contrastaba la información tanto como debiera —lo que le convertía en blanco fácil—, algunos periodistas de la competencia lo acusaron de haber mentido en varios artículos y de pagar, incluso chantajear, a testigos a cambio de información. Esos periodistas habían recibido filtraciones desde altas instancias y no se esforzaron en corroborar su veracidad. Bastó con atribuirle las acusaciones a una fuente reservada. Ni siquiera indagaron para saber por qué de repente les habían hecho llegar todo aquel material que inculpaba a Iván. No les interesaba.

Tres bombas muy sensacionalistas llenaron las portadas de los que querían que desapareciera del mapa. Iván era un corrupto estafador, según los titulares. El periódico lo echó de modo fulminante antes incluso de que se celebrara el juicio, por si acaso; le costaba menos la indemnización que ponerle un buen abogado. Todos recordaban su confesión el día que firmó el contrato: había sido ludópata. El prejuicio, que siempre estuvo ahí, acabaría pasándole factura. Iván perdió toda credibilidad y el trabajo que más quería, así como cualquier posibilidad de volver a dedicarse a él. El final de su historia no se parecía en nada al de la película *Luna nueva*.

Párrafo y frase. Aunque no era ni de lejos tan minucioso como Marcel, y aunque es cierto que dejaba muchos cabos sueltos, en el juicio Iván salió absuelto de todos los cargos, lo que no mereció ni siquiera un breve. Ni en los demás periódicos, ni en el que trabajábamos, ni en ninguna otra parte. Era demasiado tarde. Nadie podría limpiar ya su imagen, ensombrecida para siempre con la sospecha. Incluso yo, que había vivido con él los años en los que se suponía que trapicheó con la información, yo, que nunca noté nada extraño, salvo aquella vigilancia constante por parte de la policía y que atribuí a una suerte de paranoia, yo, que había sido su mejor amiga, su confidente, y me reía de él cuando decía: «No hablemos por el cachirulo, que nos escuchan», incluso yo, digo, dudé. ¿De dónde sacaba tanta pasta? Del sueldo del diario seguro que no. ¿Y cómo conseguía no solo exclusivas, sino también algunos favores, como una suite en los mejores hoteles, sin siquiera haber reservado antes? ¿Qué hacía los miércoles por la noche? ¿Por qué los jueves llegaba invariablemente de madrugada? Sabía que a Iván le perdía el dinero, y me temía que fuera capaz casi de cualquier cosa por ganarlo.

No me llamaron para testificar. Durante el juicio se demostró que, en efecto, Iván tenía el teléfono pinchado y el correo electrónico intervenido. Así que era verdad: habían oído nuestras conversaciones sobre cómo estaban nuestros respectivos padres y a qué hora vendría a cenar; habían visto nuestros e-mails bobalicones con X que eran besos. También investigaron si traficaba con drogas, porque en alguna llamada a un amigo le pedía que le llevara perejil. Perejil. Qué poco original. En cualquier caso, era para consumo propio. O mejor dicho compartido, porque se fumaba los porros conmigo, mientras veíamos la tele antes de irnos a dormir.

Mi padre salió en defensa de Iván. Gracias a un buen psiquiatra que accedió a visitar, y gracias también a los ansiolíticos, también salió del pozo. El infierno, para mi padre, duró once meses. Se recuperó como quien ha sido mordido por el Cancerbero mientras jugaba con él a la pelota, ha contraído la rabia y por fin se ha curado de las fiebres y alucinaciones que a punto estuvieron de extraviarle para siempre. Ni trastorno bipolar, ni demencia frontal, ni ninguna de esas posibilidades que tanto me habían angustiado. Lo que tuvo fue algo que afecta a más del cinco por ciento de la población de este país, y va en aumento. Se calcula que una de cada cinco personas la padecerá, tarde o temprano. Una depresión. Nadie se atreve a mencionar la enfermedad. Está estigmatizada. Por eso nos cuesta tanto identificarla, entenderla y lo más importante: tratarla.

Aunque en aquella época era incapaz de hablar con

nadie, contestó a todas las preguntas del psiquiatra. De hecho, le ayudó a hacer el diagnóstico, para demostrarle que conocía el tema tanto como él. «Por factores exógenos», le dijo el doctor. No era algo que llevara dentro. No era genético. No es que tuviera una predisposición ni una tendencia al abismo. Fue la traición, la maldad, su imposibilidad de aceptar que la injusticia a veces (casi siempre) gana —la dimensión del mundo— lo que derrotó a mi padre.

Borró todas las entradas del blog que había escrito en 2007, todos los e-mails que envió durante aquel año, retiró las denuncias a su vecino y no volvió a poner un pie en Son Cors. Lo que ocurrió es una elipsis, un salto en la continuidad existencial que apenas se percibe a lo largo de una vida. Un breve clac en el beso censurado de una película. Ojalá esto no hubiera pasado nunca, nos decimos a menudo. Si pudiera volver atrás, si pudiera rectificar, si pudiera borrarlo... Pues bien, mi padre lo hizo. No queda ni rastro de aquel descapotable dorado, ni de los senegaleses, ni de los insultos y los nervios, tampoco de resignación. Mi padre vuelve a ser el hombre tranquilo, bienhumorado y bienintencionado que siempre ha sido. Y no es que empezara de cero. Simplemente, siguió desde donde estaba, tras un paréntesis del que no quedan cicatrices.

Aún lucha contra todo lo que considera injusto. Por eso, cuando acusaron a Iván, escribió cartas al director, tanto al del diario en el que trabajábamos como a los más influyentes de la competencia, recordando sus méritos y exigiendo que, por lo menos, pidieran disculpas o sacaran una nota de rectificación. Nadie publicó aquellas cartas. Habló con conocidos suyos periodistas, decidido a que, como mínimo, estudiaran el tema. Nadie le hizo caso. Y al entender que el próximo con el que contactaría sería Marcel, le pedí que parara:

—Papá, no puedes esperar que mi ex-ex ayude a mi ex, no tiene sentido. Iván saldrá adelante. Se están portando como cerdos con él, pero son gajes del oficio. Los periodistas estamos solos. Ni los medios en los que trabajamos, ni siquiera nuestros propios colegas van a arriesgarse por uno, porque a saber qué métodos habrá utilizado. Forma parte del sistema, y lo aceptamos cuando firmamos el contrato. Cada uno que apechugue con lo suyo y sálvese quien pueda.

A lo mejor mi padre se sentía en parte responsable de que yo hubiera cortado con Iván y quería enmendarse. A lo mejor, simplemente, deseaba lo mejor para mí y eso pasaba por desear lo mejor para las personas a las que quiero, aunque ya haya cortado con ellas. O puede que todavía pensara que hablando se entiende la gente, y que él podía impartir justicia. No sé.

La vida siguió para todos, y para ninguno siguió igual, aunque simuláramos que sí. Mi abuelo murió. Mi abuela vive en el último hogar que compartieron, una planta baja junto a la playa, a las afueras de Palma. Iván se casó, poco después creó una empresa destinada a borrar historiales indeseados en buscadores y servidores de internet. Empezó por él mismo, porque la memoria de la red es tan tramposa como la humana, por razones y de maneras distintas; decide la relevancia informativa, alerta con titulares, pero no desarrolla lo que ocurrió en realidad, nunca desmiente, y uno debe cargar públicamente con su estigma. ¿Qué hay de verdad en ese tablón de anuncios en el que se ha convertido el que iba ser el más democrático de los medios de comunicación?

La palabra del año pasado fue *posverdad*, porque la mentira, como el diablo, ha cambiado de nombre y de forma y convence fingiendo que no existe. O al contrario: haciéndonos creer que es lo único que existe, que no hay alternativa y debemos doblegarnos ante su poder. La mayoría tiende a creerse aquello que refuerza sus opiniones, antes que cuestionárselas por culpa de la verdad, tan inoportuna. Como apunta Emmanuel Carrère en *Limónov,* preferimos creernos cualquier mentira que concuerde con nuestra opinión a interesarnos por una información veraz que la desmienta.

Todos optan por amar a los suyos y defenderlos antes que descubrir quiénes son en realidad.

Párrafo y frase. Sigo pensando en Marcel, a veces. A veces mi padre me habla de alguno de sus artículos, y yo le digo, papá, ya sé que nunca le llegaré a la suela de los zapatos, deja que le olvide. Pero no puedo, porque me siento una *trickster*, como me llamaba él, un señuelo llamativo, un fraude por no ser del todo exacta, por no ser del todo precisa, que es lo único que podría salvar nuestra profesión. El mundo entero se ha vuelto un gran tramposo que no se responsabiliza de nada.

Publiqué un segundo libro sobre la superficialidad ególatra en la era de internet. Aprendí a venderme a mí misma, de qué otro modo habría sobrevivido si no. En las entrevistas, decía que la literatura era esa amiga que nunca falla, que siempre está ahí. Y comparaba el periodismo con un marido maltratador psicológico, que controla lo que dices, lo que ganas y lo que gastas, te cuestiona todo el rato, te exige mucho más de lo que te da, merma tu confianza y tu autoestima, jamás te alienta, ni te aplaude, ni comenta qué guapa estás. Y aun así, le adoras, estás loca por él. Cada noche te preguntas cómo es que sigues durmiendo en su cama y por las mañanas das las gracias por despertarte a su lado. Es una pesadilla, pero eres incapaz de superar esta obsesión. Y si por lo menos fuera un marido productivo, admirado, útil. ¡Pero es un puto manta! ¿Para qué sirve el periodismo, si no es para emponzoñarlo todo? Si lo único que se valora es el espectáculo emocional. Da igual si una información es veraz o no, cada uno puede elegir su propia versión y negar las demás. Creas un mundo hecho a medida en Twitter, los discursos caben en ciento cuarenta caracteres, y todo lo que no entre ahí, fuera. Bloquéalo, atácalo, consigue que los que piensan como tú se añadan al linchamiento, acabemos con lo que no nos gusta. Convierte al que no piensa como tú en un monstruo. Despójalo de rasgos humanos. Destrúyelo. Quédate tranquilo en tu pequeña aldea digital.

Cada uno vive su propio espejismo y nadie quiere que le enseñen (mucho menos que le aleccionen) con los hechos o los datos. El relato ponderado pierde frente al radical, porque suena falso, no nos lo están contando todo, qué esconderán los eufemismos de la corrección política.

Ya casi nadie está dispuesto a pagar por adquirir información, y si es gratis, tanto da si está adulterada o es basura o se desmiente al día siguiente, cuando es demasiado tarde. Se frivoliza con las decisiones trascendentales, porque en internet todo es reversible. Puedes borrar u ocultar lo que no te gusta, eliminar perfiles, no dar la cara, cambiar de opinión de un día para otro. ¿Cómo no vas a hacer lo mismo en la vida real?

La tierra se vende barata, el periodismo se vende barato. Estalló la burbuja inmobiliaria y, lejos de aprender la lección, los precios de venta y alquiler suben otra vez, junto con el turismo en masa. Barcelona, Mallorca, dos paraísos para el que está de paso, se han convertido para el que las habita en un parque de atracciones cuyos escenarios imitan lo que fueron. Los ultracuerpos se han apoderado de su alma.

Somos unos nostálgicos sin memoria.

Desvelar lo oculto. Inventar que desvelas lo oculto. Inventar cosas ocultas para simular que las desvelas. Rellenar el vacío de la memoria con invenciones. Editar la memoria, como una película en tiempos de la censura. Cortar y pegar. O editar la hemeroteca, haciendo desaparecer algunos archivos, incorporando otros falsos. Editar la verdad con rumores. Editar el pasado. Editar la propia vida.

Iván lo intentó. Eliminó todo lo que no debía saberse de él y, por si acaso, también borró el resto. Si escribes su nombre en Google, no aparece. Es un fantasma. Ninguno de los artículos que publicó durante años, ni las exclusivas con su firma, ni los premios que ganó, ni fotos. Nada. No tiene perfiles en Facebook ni Twitter.

Era cuestión de tiempo que desapareciera de verdad.

Procuró llevar la vida que quería, la de la mujer y las gemelas, la familia perfecta sin preocupaciones. Incluso puede que adoptara un perro, no lo sé. Pero debería haber entendido que a la larga no funcionaría, si dejaba al margen lo que más le importaba. Al principio sí, claro. Sientes que te has quitado un peso de encima, no estás en tensión de la noche a la mañana, con un teléfono en cada oreja y chequeando el mail al mismo tiempo, no sales del trabajo a las tantas ni le das vueltas a cada tema sin parar.

Debió de pensar que la vida era eso: llevar a las niñas al colegio, organizar cenas con los amigos, aburrirse un poco frente al ordenador, hacer que los días tuvieran veinticuatro horas en lugar de mil, que pasaban como segundos. Debió de convencerse de que tenía lo que siempre quiso: «¿Qué puede haber más importante que una familia?».

Se acostumbraría tan rápido como rápido se cansaría después. Y en esa edición existencial, fue borrándonos a todos. Primero a los antiguos compañeros del periódico, empezando como es obvio por el director que lo despidió. Luego me borró a mí; finalmente, a sus amigos. Nunca podía quedar con nosotros, tenía cosas que hacer, es que no sabes el tiempo que ocupan estas dos princesas, te mando un beso.

Pasaron los meses, después los años. A veces enviaba una foto de sus princesas por WhatsApp o una felicitación.

Un redactor del periódico se lo encontró un día por la calle. Barcelona es tan pequeña que, cuando te encuentras a alguien, nunca exclamas ¡qué casualidad! Lo raro es que haya gente a la que no veas nunca. Bueno, pues

Iván era una de esas personas. Vivía en esta ciudad en la que todos coincidimos con todos, pero nadie coincidía con él, salvo aquel redactor, que ni siquiera lo reconoció al principio porque, nos contó después, había cambiado mucho; ha adelgazado y tiene el pelo gris, una barba demasiado bien recortada y ahora lleva gafas.

Fue el mismo redactor que me llamó hace tres meses:
—¿Te has enterado de lo de Iván?

Tratándose de él, podía ser cualquier cosa. Eso es lo que pensé. Que por mi cabeza habían pasado todas las posibilidades a la vez y cualquiera era válida.

—Se ha largado —decía la voz de mi excompañero de trabajo a través del auricular.
—¿Cómo?
—Pues eso. Que se ha esfumado. Ni rastro. Por lo visto se llevó cuatro cosas del armario y una maleta, pero dejó el móvil y una nota pidiendo perdón y que no le buscaran.
—Venga.
—Te lo juro. Mañana lo publicamos. Era para avisarte.
—Gracias. Pero... O sea. Es como raro preguntarlo, pero... ¿han pasado las veinticuatro horas y todo eso?
—Sí, y cuarenta y ocho también. Se fue el martes, creen que al mediodía, cuando el portero estaría comiendo, porque no lo vio salir. Su mujer llegó del cole con las niñas, pero no descubrió la nota hasta la noche. Estaba encima de la cama. Era rollo «no intentéis encontrarme, lo siento mucho, gracias por todo, adiós».
—¿En serio?
—*Molt fort*.
—Pero ¿dónde se ha metido?

—Ni idea. No ha sacado pasta del cajero ni se ha llevado el coche ni nada. Y aviones no ha cogido, eso seguro. O no con su nombre.

—Joder.

De entre las páginas de un viejo cuaderno, recupero una nota que me escribió cuando vivíamos juntos. En el escrito, se pone en la piel de uno de los duendes que yo aseguraba que vivían en casa, porque la tele se encendía de golpe a medianoche y me cambiaban la hora del despertador y se oían ruidos en el altillo, seguramente el lugar donde tendrían un taller.

Una vez me encaramé al lavabo del cuarto de baño, levanté una trampilla que había en el falso techo, metí la mano e hice fotos a ciegas de lo que fuera que hubiera allí dentro. Pensé que las imágenes quizá captarían a un zombi. Pero lo que había alrededor de la caldera, entre la espuma aislante de color naranja, era una ciudad en miniatura, con sus casitas, sus calles peatonales, todo construido con esos objetos que desaparecen más o menos sin que te des cuenta: tapones de botella, gomas de pollo, cartones de leche, un calcetín.

Por fin tenía la prueba de que, en el piso, había otros seres aparte de mí. Entonces Iván todavía no vivía conmigo, y yo les hacía pequeños obsequios, porque alguien me contó que los duendes dejan de hacer trastadas en cuanto los mimas un poco. Cuando se lo conté a Iván, no me miró como si estuviera loca, ni se rio de mí ni me dio la razón como a los tontos. Quise enseñarle las fotos, pero no hubo manera de encontrarlas. Quise hacer una foto nueva, pero fueron pasando los días.

Los duendes se convertirían en la excusa cuando las galletas se agotaban misteriosamente, o algo se rompía, o no quedaba leche en la nevera, o se embozaba la ducha. Yo no he sido, han sido ellos.

En la nota que me dejó, el duende que encarnaba explicaba que eran cinco. Me los presentaba, dotándole a cada uno de una personalidad distinta. Todos eran Iván: el trasto inmaduro, el temerario apasionado, el cariñoso adorable, el filósofo soñador y el ambicioso sin límite. Pedía perdón por la paciencia que requerirían, aunque, bueno, ellos también habían tenido mucha paciencia conmigo, sobre todo desde que ese chico con el que salía se había instalado a vivir en el piso. Se reconocían celosos de él. Parecía que ese chico estaba loco por mí, añadían, y más le valía cuidarme porque si no tomarían medidas. Decían los duendes.

¿Qué tipo de nota habrá dejado Iván en su casa? ¿Cómo les dirá a su mujer y a sus hijas que ya no puede más? Que las quiere muchísimo, pero que esta no es su vida. Que nada es como se lo había imaginado. Que quizá, en alguna otra parte, todavía pueda… Quién sabe.

> Estimado Sr. Juez:
> Cuando Vd. reciba esta carta, para mí y mi familia será demasiado tarde. Nosotros, mejor dicho, yo, he trabajado toda mi vida para finalmente llegar a los cuarenta y siete años totalmente arruinado y desprestigiado por el mercado financiero.
> Empecé hace muchos años en la colocación de dinero B. Creé una empresa, sita muy cerca de su despacho. Le comunico que yo soy el único responsable de todo lo que pase y que nadie de esta empresa tiene

culpa de nada. Yo soy el único responsable de todo lo malo y de todo el daño que se ha hecho a nuestros clientes. Espero que mis socios, que le repito no saben nada, no tengan problemas, pues yo he cogido dinero de una empresa para tapar impagados, lo que se llama malversación de fondos. Le repito que yo soy el culpable, ningún otro apoderado.

Mi situación es extremadamente mala, pésima diría yo. No me he quedado con dinero, pero personas como (nombre propio) me han llevado actualmente a la ruina y la desesperación.

Se han cumplido una serie de vencimientos que no han podido o no han querido cumplir, y amparándose en que era dinero B, no me los han pagado. En un folio aparte le comento cosas, pero me han hundido y he quedado con muchos clientes como un perfecto sinvergüenza y un estafador, después de dos décadas trabajando con ellos.

Si es verdad que existe justicia en este país, espero y deseo que estos señores paguen primero lo que deben y después arreglen sus temas. El mejor empresario de Madrid, la persona que más metros cuadrados tiene, compra así, sin poner dinero, solo a base de créditos y estafas, como compran los estafadores.

Me hubiera gustado contárselo personalmente, pero me da miedo, primero, el escándalo que se va a originar, segundo, ir a la cárcel, y tercero, el daño moral y de todo tipo que iban a sufrir mi mujer y mi hijo; por eso voy a lo fácil, a lo cobarde. Pero créame que hay que ser muy valiente y estar en una situación límite para hacer lo que voy a hacer.

Seguro que el Sr. (nombre propio) querrá negarlo

todo, pero busquen, que encontrarán cosas firmadas por él. A mí me ha destrozado. Me ha llevado a la ruina total, lleva sin pagarme muchos vencimientos y renovándolos. Es un perfecto sinvergüenza. Se ha aprovechado hasta el infinito de mí. Inclusive sé que ha hecho letras falsas y he tenido que dar la cara por él. Es incomprensible que no esté en la cárcel. Seguro que ahora, una vez muertos yo y mi familia, intenta salirse por la tangente. Tenga cuidado.

Mi situación es realmente desesperante, por eso me quito la vida. No tengo ganas ya de luchar. He estado enfermo, muy deprimido. Y llevo dándole vueltas a la cabeza desde hace mucho tiempo, pero no veo ninguna salida. Este señor me ha hecho mucho daño y ante su postura, lo mejor es matarse.

Que tenga Vd. mucha sabiduría y sepa una vez más que todo lo he hecho yo, sin ninguna persona o apoderado o presidente de mi empresa. Creo que esto, a una persona que se va a matar, le servirá de confesión. El único culpable soy yo, nadie más.

Con mucho respeto, le saludo.

Benito Vasconcelos González

Leo en alguna parte que existir es sobrevivir a las decisiones injustas.

A su manera, mi padre sigue salvando vidas. Casi cada día va en coche al Cap Blanc, en la costa meridional de Mallorca. Es un acantilado espectacular donde se besan los enamorados con la puesta de sol y se precipitan al mar los suicidas. Mi padre deja el coche en la explanada que hay junto a la carretera. Allí muchos han dado un volantazo para lanzarse a los riscos. Finge que se le ha estropeado el motor y se queda horas leyendo o consultando internet en el móvil, o mirando el paisaje. Y si alguien va con la intención de acabar con todo, al verle ahí plantado se desanima.

«Papá», le digo escandalizada cuando me lo cuenta, «¿y si la idea era echar un polvo? ¡Van a creer que eres un voyeur!». Entonces nos partimos de risa.

Hace poco se encontró con Ousmane. Ya tiene todos los papeles en regla. Trabaja como operador de cámara en la televisión autonómica.

Del anónimo que firmaba con una A. no he vuelto a saber nada. Desde la noche que decidí abrir la carpeta en la que archivaba todos sus mensajes sin leer, no he recibido ni uno más. Tampoco ha habido mensajes telefónicos. ¿Por qué dejaría de escribir? A veces pienso que su único objetivo era hacerme llegar la sinopsis de aquel guion, el de los tabúes de mi familia. Otras imagino que le ocurrió algo, se mató en un accidente y por eso paró de golpe. Sea como sea, desapareció.

Antes, despertó el pasado. Como hacen los fantasmas.

El verano pasado, aprovechando que estaba en Mallorca, fui a Can Meixura. No había vuelto desde que Iván me acompañó para elegir los muebles, el día que vaciamos la casa. El baúl de los disfraces. Hice el camino desde el pueblo con un nudo en el estómago, el mismo camino que recorrí tantas veces en bicicleta y con Dalma jadeando al lado. Fui en coche; por fin me he sacado el carnet, aunque siga siendo inútil en Barcelona. Pasé junto a un pozo que no recordaba tan pequeño y por la antigua escuela, reconvertida en agroturismo. Desde una de las granjas me ladró un perro. Allí vi por primera vez cómo mataban a un conejo, agarrándolo de las patas traseras y desnucándolo de un golpe. Luego le arrancaron la piel, ras, que salió como un calcetín. Las manos de la granjera eran rosadas y regordetas, como las de Milagros.

Si giras a la derecha, está aquel molino abandonado, en el que una vez se me hizo de noche y pasé tanto miedo. Si sigues recto, das con la enorme finca de Son Nadal, donde vivían los amos de estas tierras. A la izquierda, pasas por delante de la casa del que fuera alcalde de la zona, también cartero, que llevaba las facturas a mis abuelos en mobylette, y Dalma intentaba morderle los tobillos.

El pavimento está arreglado y en el viejo desguace ilegal, donde había un caballo blanco y raquítico entre la chatarra, ahora hay un establo con dos terneros. En los márgenes siguen las zarzas de donde recogía moras para que mi abuela hiciera confitura. Detengo el coche antes de emprender el último tramo. Justo en este punto lo detuvo también Iván, mientras hacíamos el trayecto inverso cuando ya nos íbamos, porque me puse a llorar al comprender que nunca nunca más volvería a hacer este camino a casa. Me hizo salir del coche, me abrazó muy fuerte y dijo: respira.

Las cigarras crepitan como entonces, el sol se filtra por el follaje de unas encinas. Mi corazón se esconde entre la hojarasca del suelo, ratón asustado. Quizá sea mejor dejarlo aquí, dejarlo así. El recuerdo inmutable. No quieras saber qué pasó. Por otro lado, la curiosidad y la rara necesidad de averiguar qué fue de nosotros, entendiendo por nosotros el fantasma de lo que fuimos, me impulsa a seguir adelante. Tomo aire y arranco.

Ya no hay ocas en la casa rosa, llamada así por el color de su fachada. Las ocas eran mejores guardianas y más escandalosas que los perros. La casa de los alemanes está igual, y tras un desnivel, empiezan los últimos cincuenta metros hasta donde vivían mis abuelos. Han asfaltado el suelo, del que quitábamos piedras y arrancábamos malas hierbas a primera hora de la mañana, antes de que nos quemara el sol. Han convertido en un chalet minúsculo lo que antes era un cuartucho para meter al ganado.

Y de repente se levanta ante mí una terrible ironía. Han rodeado Can Meixura con una tapia altísima.

Los terrenos, en Mallorca, siempre han estado abiertos, grandes extensiones de campo por los que corretean los conejos y pastan las ovejas, a las que atan dos patas con una cuerda para que no se suban a los muretes, de los que luego no saben bajar. Las ovejas de esta zona balan mal, como si estuvieran afónicas o desganadas, roncas. No me había dado cuenta hasta ahora.

En la isla, ni el paso ni la vista tropiezan con la propiedad. Y si resulta que te has metido en tierra labrada, el campesino a lo mejor te insulta, pero para eso tiene que verte. Coges unas almendras de aquí, que cascas con una piedra. Coges unos albaricoques de allá, sin pasarse para que no se note. Ya está claro que no todo es de todos, pero uno puede transitar por el espacio que es de otro.

Los extranjeros no se fían. Mis abuelos, sí, que tienen un yerno mallorquín. Pero los que vinieron atraídos por el sol y quieren un lugar de veraneo necesitan marcar su propiedad, en plan conquistador, que aquí no entren los indígenas.

El muro mide casi dos metros de alto y está cerrado con un portón de metal macizo, junto al que han escrito sobre cuatro baldosas: «Villa Mariposa». Miro atónita las flores pintadas que enmarcan estas palabras. Me pregunto por cuántas manos habrá pasado Can Meixura desde que mis abuelos la vendieron. A quién pertenecerá ahora. En qué momento perdió su nombre por esta horterada sin gracia. Recorro a pie el largo de la tapia, intentando ver la casa desde algún punto.

Parece que en la del vecino ya no vive nadie. Me encaramo a uno de sus algarrobos, como cuando era pequeña, y desde allí compruebo que Can Meixura ya no es Can Meixura. Un grupo de jóvenes toma el sol alrededor de una piscina que han construido delante de la fachada, rodeada de césped, en una isla que tiene problemas de sequía. Recuerdo brevemente al zahorí que hacía mover el péndulo junto a los árboles frondosos. Una pelota de goma flota perezosa en medio de la piscina azul.

También han construido una terraza rodeada de balaustres con vistas a Sant Bartomeu. Y no queda ni rastro de la palmera altísima que tanto costaba cuidar. Las palmeras son un símbolo de bienvenida.

De repente oigo un chillido. Una chica se cubre el pecho desnudo con un brazo y con el otro me señala. Un chico se levanta de la tumbona, se vuelve hacia mí y me insulta, *fucking pervert!* Advierte en inglés con llamar a la policía si no me largo ahora mismo. De hecho, otro ya está marcando un número en su teléfono, mientras la chica que ha chillado me graba con un móvil. Están tan lejos que no pueden saber si soy hombre o mujer. Solo ven un cuerpo entre las hojas. Solo ven una amenaza.

Bajo del algarrobo sin prisa. Nunca se atreverían a venir descalzos ni tendrían la entereza de ponerse unas chancletas para perseguirme sobre la tierra seca. Deambularé por el paisaje de mi infancia hasta que anochezca. Y cuando estén dormidos, agazapada entre las sombras, me acercaré al porche, donde reivindicaré lo que fue mío con un lamento que les helará la sangre.

«En una emergencia vital no hay nada tan robusto y seguro como la verdad.»
CHARLES DICKENS

Desde LIBROS DEL ASTEROIDE queremos agradecerle el tiempo
que ha dedicado a la lectura de *Las posesiones*.
Esperamos que el libro le haya gustado y le animamos
a que, si así ha sido, lo recomiende a otro lector.

Al final de este volumen nos permitimos proponerle otros títulos de nuestra colección.

Queremos animarle también a que nos visite
en www.librosdelasteroide.com y en www.facebook.com/librosdelasteroide,
donde encontrará información completa y detallada sobre todas nuestras
publicaciones y podrá ponerse en contacto con nosotros
para hacernos llegar sus opiniones y sugerencias.
Le esperamos.

«Ramis es una escritora gigante, meticulosa, que parece improvisar pero lo tiene todo calculado. Capaz de convertir un material doméstico que podría pertenecer a la vida de cualquiera en una novela maravillosa, cargada de sentido del humor, que deja el poso de la buena literatura. No se priven de su lectura.»
Care Santos (El Cultural)

«Ramis mantiene siempre un pie en el presente y otro en el pasado para sopesar los hechos, evocar los aromas de lo pasado pero sin dejarse ir por la vía de una nostalgia desmedida y escribir con pasión y entereza sobre asuntos delicados, atendiendo al sentimiento pero también a la lucidez ganada con los años para ofrecer un ejercicio de gran literatura memorialista.»
Lluís Satorras (Babelia, El País)